CB014874

Museu da Infância Eterna

CONSELHO EDITORIAL
Gustavo Piqueira – João Angelo Oliva Neto
José de Paula Ramos Jr. – Lincoln Secco
Luiz Tatit – Marcelino Freire
Marcus Vinicius Mazzari – Marisa Midori Deaecto
Paulo Franchetti – Solange Fiúza
Vagner Camilo

MIGUEL SANCHES NETO

Museu da Infância Eterna

Ateliê Editorial

Copyright © 2020 Miguel Sanches Neto

Direitos reservados e protegidos pela Lei 9.610 de 19 de fevereiro de 1998.
É proibida a reprodução total ou parcial sem autorização,
por escrito, das editoras.

Dados Internacionais de Catalogação na Publicação (CIP)
(Câmara Brasileira do Livro, SP, Brasil)

Sanches Neto, Miguel
    Museu da Infância Eterna / Miguel Sanches Neto. –
1. ed. – Cotia, SP: Ateliê Editorial, 2020.

    ISBN 978-65-5580-006-7

    1. Contos brasileiros I. Título.

20-36708   CDD-B869.3

Índices para catálogo sistemático:
1. Contos: Literatura brasileira   B869.3

Cibele Maria Dias – Bibliotecária – CRB-8/9427

Direitos reservados à

ATELIÊ EDITORIAL
Estrada da Aldeia de Carapicuíba, 897
06709-300 – Granja Viana – Cotia – SP
Tel.: (11) 4702-5915
www.atelie.com.br | contato@atelie.com.br
facebook.com/atelieeditorial | blog.atelie.com.br
instagram.com/atelie_editorial

Printed in Brazil   2020
Foi feito o depósito legal

Sumário

As Palavras 9
Tesouro de Menino 17
Alegria: Modos de Usar 21
Petuba Primeira 27
O Que Você Quer Ser Quando Crescer? 31
Objetos Deslocados 37
Vida Passarinha 43
Aprendendo o Abecê 49
Lareira 55
A Cidade Como Estilo 61
Viagens de Volta 67
Querido Papai Noel 71
Chavinha de Santo Antônio 77
Museu da Infância Eterna 83
Memória do Leite 87
Feliz Caderno Novo 93
Mudei Eu 97
Duas Velinhas 101
Mutirão das Vassouras 107

A Primeira Perda 113
Quarto de Filha 119
A Falta da Filha 123
Prosperidade 129
Óculos Para Quê? 135
Dois Caçadores 141
Resíduos 147
Vasilhame 151
Afastamento 157
Senhor Antônio 161
Quantos Anos 171

As Palavras

Foi antes, um pouco antes de a televisão entrar em sua vida. O menino gastava suas horas de folga vendendo frutas em redinhas de plástico, dois cruzeiros a dúzia, nas redondezas da rodoviária. A casa de madeira em que moravam, sem cerca, ficava encostada à rodoviária, e a mãe permitia que ele ganhasse seu dinheiro com esse pequeno comércio, alegria de quem quase nada tinha de seu, apenas um carrinho de plástico, uma picape azul-celeste que durou anos. Nunca brincava com ela, para economizar.

Mãe, pai e irmãos trabalhando sem lamúrias: aqueles eram anos de labor e alegria, de fé e fascínio, de suor e sono. Com o que ganhava, o menino podia comprar seu lanche, garrafas de sodinha e as bolinhas de gude, chamadas burcas. E Burca virá a ser o apelido de uma de suas paixões adolescentes, por causa de certos olhos negros como as bolinhas usadas nos jogos em quintais de terra.

Desse tempo, a imagem mais terna que lhe ficará do padrasto, um homem de mãos grandes e hábitos rudes, é a de uma partida que disputou com os filhos no terreno baldio ao lado da casa. Aquele adulto, tão sério e inflexível, agachado e misturado aos meninos, foi um acontecimento único em sua infância de afetos ralos. Quando fecha os olhos, o menino ainda vê a mão imensa do padrasto segurando a burquinha, tão pequena na frente da unha de seu dedão pronto para atirá-la.

Vender frutas era melhor do que vender coxinha ou do que engraxar sapatos, e o menino estava feliz com o trabalho. Oferecia, nas janelas dos ônibus, poncã cheirosa e fresca, maçãs reluzentes, laranjas de casca mole. Não percorria o centro, aquele ponto era mais vantajoso.

Ao voltar, certa tarde, para casa, um rapaz da cidade parou o carro ao seu lado e pediu duas dúzias de poncã. O menino olhou, dentro do carro, a moça belíssima, pele branca, roupas boas. Ainda se lembra da marca do carro, da cor e das rodas esportivas. Entregou o produto e recebeu cinco cruzeiros, já ia devolver o troco, uma nota suja de um cruzeiro, quando o rapaz, rindo, disse que não precisava, aquilo era dinheiro de pobre.

Então descobriu, sob o olhar de uma mulher bonita, o que era ser pobre. Desde o episódio, mercadejou constrangido com sua pobreza, uma pobreza que não só ficou grudada em sua roupa como passou a ser ressaltada insistentemente pela televisão em preto-e-branco que o pai logo comprou e que transmitia, sob um chuvisco sem fim, a vida elegante das grandes cidades. Quando, tempos depois, veio o aparelho colorido, também de segunda mão, sua pobreza aumentou ainda mais.

O fascínio por certas pernas, o amor pelas primas, a visão de um corpo seminu no quarto de costura da mãe, o olhar terno de uma namoradinha da escola, tudo isso o menino sentia como amor.

Poucos amigos ele tinha, pois não saía de casa a não ser para seus pequenos trabalhos, e a infância ia passando no mistério de tudo.

Até por certas senhoras o menino sentia disparar o coração, tal como diante do hálito daquela menina que, num domingo, em seu quarto, tinha dito "me beije".

Como era bom o amor, a ignorância de certas coisas, a alegria do corpo do outro, que fazia com que o seu florescesse. Que maravilha, meu Deus.

Na escola, só os meninos são chamados para uma palestra. Há risos, cochichos, uns dizem saber do que se trata. Ele não sabe, sente que está diante de alguma coisa terrível, e se angustia.

Na sala, o professor de Português explica o que é reprodução, fala de certas doenças, castigo para o pecado da carne. Alguns perguntam coisas estranhas. Então o corpo era esse terreno sujo, essa perdição toda?

Na volta da escola, chorou no colo da mãe, seu mundo tinha perdido o sentido, tudo agora tão vazio. Mas não falou nada, não queria nem pensar nessa palavra sórdida que havia aprendido. Sexo.

Imaginando que ele estivesse com alguma dor, a mãe lhe deu dois comprimidos de Melhoral Infantil.

Certos termos nunca eram pronunciados em sua casa. Tabus mantidos por uma mentalidade mágica, fuga do poder negro da palavra, que atraía a coisa.

Naquela cidade em que só havia escolas públicas, os ricos estudavam pela manhã, e os pobres à tarde. Era uma divisão natural, cada um procurava seus pares e se um pobre acabava matriculado no matutino, logo mudava para o vespertino. E como castigo para os ricos que não se esforçavam havia a troca de turno.

O vespertino, no entanto, era o paraíso das senhoras que voltavam a estudar depois de casadas. Deixavam prontas as tarefas domésticas e iam para a escola, muitas vezes com os filhos, em estágios mais avançados e que as auxiliavam com as lições.

Já estava na sexta série quando a professora de Ciências perguntou qual seria a mais importante descoberta científica para a humanidade. As crianças falavam sobre vida em Marte, uma espaçonave gigantesca em que todos pudessem viver e outros sonhos pueris. Uma das mulheres da sala, no entanto, disse que a maior conquista seria a descoberta da cura do câncer. E começou uma discussão sobre este tema.

Foi assim, depois de um festival de desejos, que o menino ouviu pela primeira vez essa palavra áspera, sempre ocultada em sua casa, onde ela aparecia como doença braba, eventualmente como cancro, termo que ele confundiu, depois de sua palestra sobre sexo, com uma das pragas venéreas.

Ao ser apresentado a esta terceira palavra, o menino concluía o aprendizado.

Setembro de 2003

Tesouro de Menino

E eis que surge, sem aviso, uma palavra qualquer que o leva à estação infantil, quando a linguagem tinha o sabor rústico das frutas do quintal, território agora adocicado pelas ilusões da memória e dominado por um pé de carambola. Havia outras árvores frutíferas, mas a caramboleira, por ser rara naquela região, era o orgulho da sua infância de goiabas, abacates, ameixas, mexericas e laranjas azedas. No terreiro vizinho, a planta-símbolo era a romãzeira, com suas roliças lágrimas cor de rubi, rompendo a rubra cicatriz.

Toda vez que ele vê uma carambola ou ouve esta palavra, voltam os dias lindos e perdidos. Depois de adulto, tentou recuperar o gosto dela e não suportou seu azedo. É que certas frutas só são saborosas se comidas pela boca ainda não domesticada por sabores mais macios. Também descobriu, meio frustrado, que a goiaba verde – antes tão saborosa – tornou-se marrenta.

Há palavras que são como estas frutas: não podem ser degustadas por paladares adultos. Elas ficam num canto qualquer da memória, esperando um momento de quieta reminiscência.

Uma dessas palavras é *terreiro* – o sentido corrente a coloca no campo das religiões africanas, significando o espaço de manifestação do sagrado. Mas terreiro, na sua linguagem interiorana, é apenas o quintal sem grama, varrido diariamente. Os ciscos iam para o pé das árvores, só as frutíferas eram admitidas, e elas agradeciam caprichando na manga remelenta e fibrosa, nas jabuticabas de um negro reluzente.

Cisco para significar monte de lixo acumulado na varredura também é um tesouro de menino. Não tem mais coragem de usar isso em uma conversa. Seria motivo de ironias civilizadas.

Sem serventia, estas antiguidades vão ficando no passado, até libertarem sua flor imprevisível.

Alguém falou na capota do carro e ele imediatamente anotou em sua caderneta mental: *capotão*. Se tivesse que apontar uma única palavra para definir sua infância, escolheria esta. Na cidade de gente humilde, de bolas de plástico e de meia, em que, no pátio da escola, durante o intervalo, disputavam-se pequenas partidas de futebol chutando tampinha, uma bola de capotão era o que todo menino pobre sonhava ganhar no Natal. Travava-se a partida em terrenos baldios, destocados dias antes, no lugar das traves apareciam precários troncos e a marcação dos limites do campo era feita com uma valetinha enchida de pó de serra ou de palha de arroz. Tudo isso não significava nada se a bola fosse de capotão. Muitas vezes, a câmara furava nos galhos do mato ao lado e eles continuavam jogando, o barulho chocho do chute na bola – plóff! – e a sua trajetória lenta. Ser dono de uma bola de capotão dava mais status do que possuir uma coleção completa de carteiras de cigarro – a coleção mais valorizada naquela época, pois antecipava a idade adulta, que já vinha se anunciando no cheiro de fumo naqueles dedos infantis.

De repente, ele encontra um monte de brita, para e escolhe cinco pedras graúdas e levemente arredondadas. Coloca no bolso os seixos e sabe que recuperou mais uma palavra perdida. *Bugalha.* Esse foi um dos jogos mais comuns daqueles anos. Em casa, senta-se na varanda e rememora os movimentos rápidos das mãos ao juntar e recolher pedras, em várias jogadas, e fica repetindo na memória esse vocábulo cujo sentido não está dicionarizado, embora apareça na língua com outras significações – todas falsas, descaradamente falsas.

Os domínios da bugalha eram mais os espaços internos, onde se disputava também o bafo, jogo que consistia em virar um maço de figurinhas em um tapa com a mão em concha – o segredo era retirar a mão rapidamente, em um movimento elíptico. As figurinhas viradas eram de quem conseguia tal proeza.

Nos espaços externos, a diversão principal era a *betes*, provavelmente adaptação de algum termo inglês. Ela se dá entre duas duplas que se revezam, uma de arremessadores e outra de batedores. Fazem-se duas arapucas com três gravetos de madeira, distanciados alguns metros uma da outra, em linha reta, e um buraco no chão ao lado de cada uma das casinhas de graveto. Os batedores, com seus cajados improvisados (geralmente pedaços de mata-junta), devem acertar e atirar o mais longe possível a bola lançada pelo adversário. Enquanto um deles vai buscar a bola, os batedores cruzam de um lado para outro, tocando os cajados, como se fossem espadas. Cada batida é um ponto. Quando a bola volta, eles devem estar com a betes no buraco, se estiverem com ela no ar, o jogador pode, com a bola, derrubar a casinha. A mecânica do jogo é fácil. Batedores defendem a casinha e tentam lançar para o mato a bola, pontuando a cada troca de posição neste período. Os arremessadores se esforçam para derrubar a casinha com tiros certeiros. As equipes mudam de função assim que uma das casinhas é atingida. Era no canto de ruas, ainda sem asfalto, que se faziam tais competições.

O símbolo daqueles tempos, no entanto, não é um jogo, mas um animal doméstico. O *galinzé*. Esta raça nanica de galináceo vivia pelo quintal e sempre aumentava, porque o pai dele não deixava comer nem sua carne nem seus ovos. Eram animais de estimação, dados depois a amigos e parentes – cada um mimando os galos, minúsculos e altivos, que tinham uma índole briguenta. Representavam toda uma população de trabalhadores.

Os filhos desta gente usavam principalmente um tipo de tênis que imitavam as chuteiras: o *kichute*. Preto, solado de borracha com cravos largos, também de borracha, o bico resistente para as bombas nas bolas. O menino ia para a escola com estes tênis que, impróprios para calçamentos, logo gastavam alguns cravos, obrigando-o a pisar torto. Nos campinhos de terra, no entanto, constituía a peça fundamental da indumentária dos fuzileiros do futebol, cuja arte não era o drible, mas a bola chutada contra o gol com toda a força, indo parar dezenas de metros além do campo. Chama-se a isso chute de fazendeiro.

Pisando errado com kichutes gastos, os meninos corriam pelo pátio da escola e iam sempre para o portão, comprar pipoca e, no verão, a melhor guloseima daquela infância pobre, em que não apareciam chocolates, bolachas recheadas, tortas. Era a *raspadinha*.

Em um carrinho igual ao do pipoqueiro, ficavam, na parte interna, as barras de gelo, que seriam raspadas por uma espátula. O gelo finíssimo enchia um copo e sobre ele se despejavam caldas extremamente doces. A de groselha era gostosíssima. Este líquido denso, numa época em que quase ninguém tinha geladeira, figurava na mesma categoria dos mais excitantes prazeres.

Nas festas, servia-se sodinha para as crianças. Como se desconhecia canudo, os copos não eram suficientes e, para se economizar o precioso líquido, os adultos não abriam a garrafa. Com um martelo e um prego fino, furavam a tampa, e pelo furinho se sugava o refrigerante. Ele se lembra disso toda vez que pega um canudo colorido.

O que fazer com estas palavras que renascem nos momentos mais impróprios?

Ele não sabe. Junta todas, coloca numa caixa de sapatos e guarda na mais remota prateleira da biblioteca.

Setembro de 2003

Alegria: Modos de Usar

1

Poder, em pleno dia da semana, no horário comercial, colocar pijama e dormir algumas horas, o barulho da chuva no rufo do telhado, na ausência da antiga latinha sob a goteira. Quem deita é o adulto, mas quem dorme é a criança, alegre com seu dia vazio de compromissos e preocupações.

2

Caminhando pelo centro, apressado, e súbito sentir vontade de tomar um gole de cerveja, unzinho apenas, e daí entrar num boteco ordinário, desses que fedem, frequentados pelos pinguços sem volta, e beber de uma vez o primeiro copo, deixando o resto na garrafa, e retornar para o sol e para a calçada, com a sensação de ter feito uma pequena mágica.

3

Passar pela livraria e ver os lançamentos, ler um trecho belíssimo de um escritor desconhecido, e ficar imaginando como seria aquela história, que você não vai comprar para não estragar o prazer de carregá-la, incógnita, como uma possibilidade.

4

Estar com fome de madruga e não encontrar nada no armário e na geladeira, lembrando que amanhã terá que ir ao mercado, achando apenas uns restos de bolacha velha. Para celebrar sua sorte, sua grande sorte, preparar um chá de camomila ou de erva-cidreira e se tornar o mais feliz dos homens.

5

Lá estão eles, sempre perto dos colégios, não têm mais do que catorze anos e se beijam de uma forma tão doída, que você para a caminhada e fica olhando. O beijo nunca termina, eles se abraçam em desespero, e você se sente bestamente feliz, o mundo continua fazendo sentido naquele amor urgente. Vendo o casal, você não sente saudades do adolescente que foi e sim uma vontade doida de estar com a pessoa amada e poder beijá-la com toda a força de seus lábios.

6

Entrar numa lanchonete no fim da tarde e pedir para esquentar na chapa um pão de hambúrguer com maionese – nada mais, apenas pão e maionese. E depois ir sujando tudo com bastante *ketchup*, para comer o sanduíche, entremeando cada mordida com grandes goles de uma Coca-Cola.

7

Sentar numa praça qualquer e ler um livro triste, sentindo-se parte de um mundo com dores e alegrias. As pessoas caminham a seu lado, há velhos tomando sol no outro banco, uma moça passa com o cachorro. No meio disso tudo, você e seu livro, pacificados.

8

Chegar em casa no fim da tarde, depois de ter buscado a filha na escola, sentindo orgulho de ter alguém que depende de você, e encontrar o quintal tomado de aleluias, elas que eram tão comuns na sua infância! Esquecidos das pequenas tarefas, vocês passam o resto do dia no meio do festival de asas diáfanas.

9

Abrir o jornal de manhã e não prestar atenção em nada, pois o que o comove realmente é o cheiro fresco de tinta. Você fica pensando nos anos em que, todas as manhãs, acompanhava o trabalho musical das rotativas e descobre que ninguém, ninguém pode afastá-lo deste prazer do texto impresso.

10

No meio das correspondências de banco e de outras coisas impessoais, encontrar a carta de um amigo do passado. Rasgar o envelope e ler várias vezes o relato escrito à mão, com letra caprichada, descobrindo que é bom ter amigos espalhados no tempo e no espaço, eles estão distantes mas a qualquer momento podem reaparecer e aí será como se você tivesse arrumado um novo camarada.

11

Estar na estrada ou na rua, dirigindo, e parar o carro para contemplar o pôr do sol. Haverá muitos outros em sua vida, mas de repente gastar alguns minutos com este entardecer se tornou algo incontornável. Você desliga o motor e fica olhando, humildemente olhando.

12

Acordar antes do nascer do sol e esperar por ele na janela de casa ou no quintal, experimentando a sensação de que, sim, você sabe dar valor ao seu dia.

13

Mas também sair à noite, de carro, pela cidade, sem nenhum destino, olhando todas as casas escuras, um ou outro boêmio. E concluir que à noite a cidade é linda, toda a cidade é linda, e você não precisa parar em nenhum lugar. Você apenas ama a cidade sob seu manto de sombra.

14

Cortar as unhas, fazer a barba, engraxar os sapatos – todas estas tarefas mínimas de higiene, que você faz para se sentir bem. O mundo pode estar caótico, mas alguém zela pela ordem.

15

Num ensolarado domingo de manhã, deitar na calçada de casa ou num pano estendido na grama do quintal – tirar a roupa e dormir o sono dos náufragos.

16

Ver o primeiro vaga-lume do verão e ficar com vontade de segui-lo, irresponsavelmente, pela tarde que desce e pela noite que se insinua. A infância desconhece a hora rígida das tarefas.

17

Pequenas, muito pequenas são as boas coisas da vida, e reconquistá-las é uma forma de voltar à sua infância.

Novembro de 2003

Petuba Primeira

1

Tentara criar cachorro comprado em feira de animais e depois peixes dados por uma amiga e, por fim, um rato estressado de pecuária. Todos foram passados para a frente, pois não sabiam falar o idioma da menina.

Por acaso, encontrou na chácara do bisavô uma gatinha sem raça, magrela e negrinha de tudo, que se enrabichou por ela.

Foi a gata que a escolheu nestes mistérios de identificação espontânea, tão raros em feiras e pecuárias.

Gata e menina agora se pertencem neste espaço de afetos felinos.

2

– É da raça de caçadores de rato – disse-lhe o avô, entregando o bichinho só osso, sinal de que ainda não aprendera a caçar.

– Diana Caçadora é um belo nome – sugeriu o pai.

– Será Pretinha – determinou a menina, e Pretinha ficou.

O nome óbvio se impôs naquele momento de perigo em que um adulto queria nomear o que era dela e só dela. Na pressa, valeu-se da característica mais visível, mas com o tempo aprendeu a ler mais fundo, nos esconderijos da alma da gata, e logo apareceu com um outro nome – mágico e inusitado.
– Petuba.
Talvez tenha aprendido a ouvir a gata, que revelou como era chamada no reino impenetrável dos felinos.

3

Na hora da arte – subir na mesa de refeições, desfiar o tapete, dormir no sofá da sala – a menina a chama, enérgica e impessoal:
– Petuba!
Se num momento de descontração, brincando juntas no quintal, surge a língua do afeto:
– Pretinha.
Mas, se comovida, como só as crianças se deixam comover, por seus carinhos ou travessuras:
– Petubinha....

4

Veio da roça, do interior ensolarado, ostentando uma coleção de pulgas, deixada no veterinário. Cortaram suas unhas e ela trocou, de uma hora para outra, os restos de comida pela ração balanceada e logo estava parando de mastigar mato pelo quintal. Miou firme na hora em que lhe tiraram um bicho-de-pé, já transformado em amarela e gorda moranga.

Limpa e alimentada, procura agora os lugares quentes da casa, tentando se acostumar com o frio de sua nova cidade.

O nicho atrás da geladeira, sob o motor, é seu paradeiro preferido. No sofá de vime da varanda envidraçada, gasta as tardes de sol. E se aninha no primeiro colo disponível, íntima como velha amiga.

5

Dorme quando pode e sempre está acordada quando o pai da menina madruga, a casa em silêncio, o sol apenas anunciado por uma luz que, de tão mínima, não pertence ainda ao dia.

Petuba está disponível para todos. Se acordada em suas pequenas sestas, não protesta, estende as patas, arregaça as garras, boceja e se aproxima, meiga, de quem a solicita.

Se esquecida, volta a dormir.

6

Esconde-se atrás das plantas do jardim, corpo tenso, e – mola subitamente acionada – atira-se contra a perna de quem passa.

Sozinha, caça mosquitos no ar em saltos olímpicos e corre, enlouquecida, atrás dos passarinhos que se arriscam pela grama em busca de migalhas e minhocas.

Depois de tanto exercício, vai para seu canto e come a ração, deixando o pote limpinho.

7

Péssimas são suas relações com as gatas da vizinhança. Elas se aproximam, mas Petuba se ouriça toda e, embora pequena, sentindo-se senhora absoluta do território, arma, heroica, o ataque, mantendo distantes as invasoras. Terá medo de perder a família que é inteirinha sua, que vive só para seu egoístico conforto?

8

O pai se acostumou a ler com a gata no colo ou na poltrona, a mãe recorda-se de sua infância de menina com roupa sempre repleta de pelos e a filha nem se lembra de cachorros, peixes e rato, tão cheia é agora sua vida. Veste Petuba, põe nela como colar as suas pulseirinhas, enche os potes de água, compartilha seus brinquedos e conversa com a amiga o tempo inteiro.

De cima de sua cadeira – forrada com um cobertorzinho e acolchoada por uma almofada, mimos de sua fiel súdita –, Petuba contempla seus vastos domínios e cumprimenta, nobremente, seu pequeno povo.

Depois lambe patas e aquelas partes e cochila de novo.

Fevereiro de 2004

O Que Você Quer Ser Quando Crescer?

É esta pergunta, ouvida tantas vezes na infância, que encontro em uma das tarefas de minha filha. Ela já quis ser bombeira, médica, lojista e outras coisas, mas agora escreveu que quer ser professora. Aos nove anos, ela não tem noção das implicações econômicas e sociais de uma opção assim, vence o fascínio pela atividade do magistério, e não vou desdenhar a profissão mais nobre e menos reconhecida do mundo – da qual vivo. Conheço certo político que, ao ser apresentado a um professor, diz sempre: Coitado! E não faz nada para mudar a situação de descaso em que vivem professores numa sociedade que acha que educação se consegue apenas na tevê, no acesso ao computador e na vida. Políticos com esta mentalidade sim é que são coitados.

Não estraguei o sonho provisório de minha filha, e nem estragarei nenhum de seus outros sonhos, por mais que venha a ser difícil aceitar alguns deles. Mas uma amiga minha, jovem e próspera advogada, que está terminando o mestrado em Direito e trabalha no Ministério Público, diz que quer largar tudo para fazer doutorado em literatura e ser professora. Ela é ótima poeta e me confessou não suportar mais os livros de Direito. Implorei para que ficasse no emprego, muitas vezes pensei que eu devia ter feito o curso de Direito, com maiores possibilidades profissionais. Mas minha amiga alimenta um sonho, e é bom ter esta passagem comprada pra Pasárgada, mesmo que a gente nunca vá morar na cidade criada por Manuel Bandeira.

Estes dois episódios me fizeram pensar na pressão que a sociedade exerce sobre os estudantes, obrigando-os a uma profissão com *status*. O que deve ter de gente infeliz por causa dessa perguntinha boba, feita sempre para obter respostas condicionadas.

Lembro-me agora de outro episódio.

Certa amiga, ex-*hippie*, levou o filho de seis anos para uma consulta de rotina, e o médico veio bisbilhotando sobre o que ele queria ser. Irreverente e afetivo, o menino respondeu:

– Namorado da minha mãe.

Taí uma profissão pouco convencional, mas que consegue aliar segurança e prazer, coisas desejadas por todos. Há um tiquinho de sentimento incestuoso, mas não vivemos mais numa idade moralista, os filhos podem ter desejos pela mãe, pois na maioria das vezes esses amores são platônicos. Quem não se apaixonou pela professorinha, que é a primeira substituta da mãe? Na figura da professora, encontrávamos a mãe sem a culpa de estar transgredindo um relacionamento sagrado. Pelo menos deste ponto de vista, ser professora é realmente atrativo.

Na minha infância, meu padrasto queria que fôssemos agrônomos, profissão mais próxima do mundo rural em que vivíamos. A mãe, hipocondríaca juramentada, sonhava com um filho médico. Mas o que eu queria ser mesmo era independente. Tentei tudo, de vendedor ambulante a atendente de armazém, de agricultor a rolista de carro. Nada deu certo. Acabei virando professor que, no Brasil, também é uma forma de não dar certo.

No Colégio Agrícola, estágio preparatório para o agrônomo em que não me tornei, havia muitos filhos de agricultores. Era gente fora da faixa normal de idade escolar. Estudantes com mais de vinte anos cursavam o segundo grau em um colégio que nos ameaçava com um *slogan* assustador: "aprenda a fazer fazendo". E nem fazendo aprendi. Minha incapacidade para aquele mundo é que me livrou dele.

Um amigo, que só tirava notas altas, ao contrário do futuro escritor, resolveu deixar o colégio. Não suportava o mundo rural, era inquieto demais para preparar a terra, semear, cuidar e depois colher.

– Profissãozinha de mulher, acostumada à vida doméstica. Homem quer o mundo.

Perguntei o que ia fazer.

– Realizar um sonho – me disse.

Imaginei algo distante de nossas vidas. E era.

— Vou ser sucateiro.

Esta palavra prova que os dicionários são muito incompletos. Ele não queria ser vendedor nem comprador de sucata. Queria ser motorista de caminhão velho, daqueles bem antigos, tipo Fenemê ou Gemecê a gasolina. O pai dele podia comprar um veículo melhor para o filho, mas o sonho – que ele concretizou – era ser sucateiro, talvez porque aqueles imprestáveis caminhões fossem muito lentos, permitindo assim que meu amigo aproveitasse melhor as viagens. Devia ser um contemplativo. Ele não queria progredir, ter uma frota de caminhões, depois abrir uma empresa de ônibus e quem sabe uma de aviões ou de navios. O progresso profissional é outro mito da sociedade capitalista, estamos sempre desejando desenvolvimento material, embora o desenvolvimento humano não seja muito valorizado. Colocam um computador na escola e com isso acham que resolveram os problemas da educação. Coitados.

Desde o dia em que escolhi que queria ser escritor, tenho lutado para me acertar em uma profissão. Confesso: gosto de dar aulas.

— Por causa de nossa personalidade exageradamente teatral – diz minha irmã, mestre em bioquímica e professora universitária.

Pode ser. Na sala, não dou atividades grupais nem peço apresentação de trabalho. Gosto de falar, analisar um livro, debater. Sou um professor à moda antiga, daqueles que ainda fazem chamada, marcam provas mensais e, pior, corrigem de fato as provas. O magistério me agrada, mas não suporto a rotina. Repetir o mesmo curso todos os anos. O mesmo horário todos os dias da semana. Gostaria de dar um curso intensivo por um mês e depois voltar a lecionar outro assunto só no semestre seguinte. Mas há as cobranças, e todos os dias faço minhas tarefas, apesar das políticas educacionais e dos preconceitos contra o estudo – agora, todo mundo acha que aprender tem que ser prazeroso. Desbocada, minha irmã sempre retruca:

– Com prazer é mais caro!

Aprender não é brincadeira, e a escola não pode ser confundida com o mundo encantado de Walt Disney. É lugar de dedicação. A figura do estudante, para mim, é a de alguém que renuncia ao mundo das diversões e se entrega seriamente aos livros.

O magistério, portanto, me realiza e me frustra. Assim como a crítica literária, pois a leitura como atividade profissional me afasta de outras leituras, mais necessárias para o aprofundamento do homem de letras que sou.

Elas estão próximas de minha vocação mais íntima, mas ainda não posso dizer que me sinta pacificado. Pela minha personalidade, a melhor profissão seria a de repórter independente, aquele de matérias especiais. Ficar meses pesquisando um assunto, sair a campo, conviver com as pessoas e depois de algum tempo produzir um texto longo. Sei que o jornalista hoje é animal de redação, pesquisando na internet e lendo material de assessoria de imprensa. Acabaram-se os jornalistas *à la* Hemingway, que povoaram minha imaginação.

Mesmo conhecendo tal impossibilidade, é isso que quero ser quando crescer.

Junho de 2004

Objetos Deslocados

Faça Você Mesmo

Há impulsos que não controlamos. Entrando em uma papelaria, encontrei um lápis de carpinteiro. Sem saber para quê, comprei aquele instrumento e ele dorme, apontado, em meio a dezenas de lápis comuns, em um pote sobre minha mesa. Nem experimentei seu grafite grosso e retangular como ele próprio.

Há semanas convivo diariamente com este lápis, o que me permitiu descobrir sua função. É um móvel da memória. Todas as vezes que o olho, lembro-me de meu padrasto, nos anos 1970, aumentando o barracão de nossa cerealista. Ele ainda hoje se orgulha de dominar várias profissões, entre elas a de carpinteiro. Levantou uma parte nova da construção feita de tábuas, que serviu para estocar soja – era o início das lavouras mecanizadas em Peabiru.

O barracão ficou mal-enjambrado, como tudo que ele faz. Mas ainda está em pé e serve hoje como depósito de semente.

Eu era menino e o via trabalhando nos andaimes, cortando tábuas e caibros marcados com linhas grossas de grafite. Ter meu próprio lápis de carpinteiro é uma forma de me manter ligado a este tempo em que o homem fazia ele mesmo quase tudo de que precisava.

Produto de Exportação

No armário da sala, descansa uma machadinha indígena de uns trinta centímetros. Foi encontrada em nossa fazenda, em Peabiru, ao lado de outras, menores. Meu padrasto estava colhendo soja, parou a colheitadeira ao ver a pedra pontiaguda, que ameaçava furar o pneu. Desenterrou-a, encontrando mais duas. A maior ficou comigo, como presente – talvez como única herança. Tentei saber onde exatamente ela estava, mas, prevendo que eu poderia fazer escavações, pois se trata, sem dúvida de um sítio arqueológico, ele se negou a me dizer.

Sobre quantos resquícios de aldeias indígenas plantamos soja?

O Complemento de Sua Elegância

Comprei um chapéu em Foz do Iguaçu e o deixo em uma chapeleira dos anos 30 no *hall* de entrada de casa. Em uma de suas visitas, Domingos Pellegrini me perguntou para que serve o chapéu.

É quase um enfeite, para ocupar um dos ganchos destinados à sua espécie no velho móvel de antiquário. O chapéu não foi comprado com este objetivo. Eu estava em Foz, ia percorrer a trilha das Cataratas e resolvi me proteger do sol. Depois foi para a chapeleira, que descansava vazia.

Agora, vem-me a ideia de comprar outros chapéus, mas devem ser imemoriais, da época em que eu era menino, quando os homens saíam sempre com este necessário complemento.

Meu avô usou chapéu a vida toda. Eu passava pela loja de sapatos ao lado da igreja matriz e via, nas vitrines de madeira escura, chapéus pretos, muito bonitos, e ficava esperando o dia em que também poderia ter o meu – o tempo estava emperrado na cidade, mas logo ela seria incorporada à civilização. Um dos prefeitos instalaria uma tevê na praça. A cidade entraria no presente, os hábitos mudariam, eu cresceria, ouvindo agora *rock*. Não deu tempo para eu usar chapéu.

Minto. Usava chapéu, sim, mas de palha, desses com a parte superior redonda (tipo safári). Na cerealista, havia uma fileira deles, pendurados em pregos na parede. Nós os colocávamos na hora de carregar saco. Não tinham donos. Podíamos pegar qualquer um. Depois do serviço, tirávamos o chapéu, lavávamos os braços e o rosto em uma torneira para descansar sobre a sacaria recém-descarregada.

Os chapéus de feltro e os Panamás eram para a vida social e não para o trabalho. Talvez isso explique este meu desejo extemporâneo. Oh, aqueles eram anos tão chapéus.

Atendimento 24 Horas

Acordo de madrugada, mesmo tendo tomado meu Valium. Todos dormem no bairro onde moro, amanhã estarão bem cedinho no trabalho. Os olhos acostumam-se rápidos com a escuridão, que ganha volumes. Quero ligar para alguém, falar longamente sobre coisas alegres para esquecer-me. Mas todos com quem quero conversar estão mortos, estão mortos a esta hora da madrugada, hora absurda, de aranhas e baratas, de noctívagos neurastênicos. Poderia me levantar e ler, há livros no quarto. Mas estou cansado demais até para me mexer na cama, viro então o rosto para o criado-mudo, com muita dificuldade estendo a mão direita e aperto o botão do relógio digital – 2h32. O relógio permanece aceso mais uns segundos e logo se apaga. Eu, no entanto, não me apagarei. Imóvel, olho a escuridão dentro da escuridão. O sem tempo. O vasto mundo de sombras interiores. Quando encontro novamente forças para apertar o botão do relógio já são 3h54. O tempo escorreu lento e rápido. É como se eu tivesse me ausentado e súbito voltasse ao quarto, uma hora e tanto depois. Nunca gostei de relógios e todos estranharam quando comprei este de cabeceira. Quiseram saber para quê.

Para administrar minha insônia, respondi. Antes de me deitar, viro-o para meu lado, aproximando-o. Depois de apagar a luz, acendo seu mostrador e olho as horas, e ele logo se apaga, aconselhando-me a fazer o mesmo. Este relógio tem sido a minha mais constante companhia. O que já é alguma coisa neste mundo móvel. Mas me atemoriza imaginar a noite em que sua bateria falhar. Terei que passar sozinho esta pequena eternidade, sem ninguém para me dizer que não, ainda não está na hora do sol nascer, aguente só mais um pouco.

Lições de Desenho

Abro a gaveta de minha escrivaninha e encontro, no meio de documentos, desenhos de minha filha. Paro o que estou fazendo e me perco nesta outra realidade: seus traços primitivos e coloridos, um sol descomunal, flores do tamanho da casa, uma menina segurando a mão de um homem. Noto que é a criança que ampara o adulto, pois neste desenho o pequeno é sempre maior do que o grande. Não só neste desenho. Na realidade também, e se não vemos as coisas assim é porque nossos olhos estão estragados.

Olhando a gaveta aberta, não me lembro daquilo que procurava com tanta urgência.

Setembro de 2004

Vida Passarinha

Nossos quintais se civilizaram de pássaros. Eles tinham sumido da cidade por serem caçados impiedosamente. Você nunca comeu uma passarinhada? É por ter nascido a partir dos anos 70 ou não ter sido moleque de bairro ou de sítio. Com nossos estilingues e embornais abarrotados de bolotas de barro seco, o mesmo material usado nas olarias, saíamos pelos terrenos baldios e pelos matos e voltávamos com o tecido do embornal manchado de sangue. Limpar os bichinhos era uma coisa triste, tão magrinhos que eu me sentia cruel, mas depois morder as coxinhas minúsculas e sentir nos dentes a carne firme… Deus do céu, perdoai aos meninos que mataram passarinhos!

Nossas principais vítimas eram as rolinhas. Estão para sempre voando em minha memória, lembro-me de uma árvore em que pousavam, alvos fáceis para meus primos e para mim. Depois me afastei delas, de minha crueldade e do gosto de sua carne. Os matos sumiram, a soja tomou conta da paisagem, circundando as casas nos sítios e tudo virou plantação, venenos, adubos e dólares. Os passarinhos migraram para a cidade, seguindo nosso exemplo. Mas demoraram para adquirir cidadania. Faz uns dez anos que noto a participação reivindicativa deles. Quando vi de novo as rolinhas, procurei meu estilingue e as bolotas de barro, mas eu já não era menino, não estava no interior e agora tinha piedade dos bichos – influência dessas benditas campanhas de preservação da fauna. Então fiquei olhando minhas velhas conhecidas e não salivei ao vê-las, apenas senti nostalgia de uma idade em que comer carne de passarinho era inocente alegria.

– Nenhuma alegria é inocente – me diz meu mestre imaginário.

– Olha só quem está falando – zombo dele.

– Quem fala é alguém que renunciou a tudo.

– Menos a ter razão nas mínimas coisas.

Meu mestre se ausentou e me deixou no silêncio. De longe, eu ouvia o canto de um bem-te-vi. Tentei encontrá-lo na paisagem, mas foi impossível.

Quem vive em cidade arborizada hoje tem a sensação de estar preso a um imenso viveiro, numa verdadeira torre de Babel canora.

O bem-te-vi é um passarinho arisco, quase não se arrisca a catar a comida que jogo no quintal. Fica no muro, pronto para um voo de urgência, longe de qualquer predador. Quando desce ao chão, quase não come, virando a cabeça para todos os lados, como um clandestino, temendo o assalto da polícia de migração. Ao menor movimento de gente, mesmo que estejamos distantes, ele risca o céu com seu peito amarelo e seu olho escondido por uma faixa preta, como se fosse um mascarado.

Conta-se que é um traidor. Com seu canto, teria delatado Cristo, avisando os carrascos do paradeiro de Nosso Senhor.

Minha mãe narrava a história de um caboclo parvo que encontrou uma carteira cheia de dinheiro e se apropriou medrosamente dela. Seguiu seu caminho julgando não ter sido visto por ninguém. Mas um maldito passarinho acompanhava-o, insistindo: bem-te-vi, bem-te-vi! Ele se irritou:

– Cale a boca, seu ordinário!

Mas nada de o pássaro silenciar. Então fez a proposta tão comum na política:

– Dou uma parte pra você ficar quieto.

E o pássaro: bem-te-vi, bem-te-vi! Aconteceu isso quando o caboclo passava por uma ponte. Irritado, ele jogou a carteira no rio:

– Nem pra mim nem pra você. Tomou, bicudo!

O bem-te-vi é uma espécie irritante de consciência humana.

Ao contrário dos bem-te-vis, os pardais são mesmo uma espécie sem-vergonha. Você passa, eles voam uns poucos metros, voltam, comem sem a menor cerimônia. Bichinho mais folgado, parece até agregado. Na hora de fazer a sujeira, eles capricham nas manchinhas esbranquiçadas, revelando um descaso por nossos pertences.

No meio deles, um pouco menor, e topetudo, destaca-se a beleza régia do tico-tico, que anda sozinho, sempre elétrico, alimenta-se rapidamente e já voa, exibindo seu peito redondo e sua cabeça de guerreiro sem tempo para futilidades.

As sabiás são as grandes donas da madrugada e da tarde – começam, durante o verão, a cantar pontualmente às cinco da manhã e às seis da tarde. Por ter insônia nas madrugas, a sabiá é meu animal-símbolo, nós nos conhecemos bem e, em muitas matinadas, apenas elas e eu estamos atentos às belezas de uma manhã que se descortina. Também ariscas, elas preferem o banquete de pequenos insetos depois do corte da grama, quando vasculham o quintal. Raramente comem os grãos que espalhamos em vários cantos.

Figurinha difícil é o pica-pau. De vez em quando, ouvimos seu ofício de escultor em madeira, mas onde está o maldito pássaro furador de troncos? O barulho dele é meio irritante, assemelha-se ao dos carpinteiros que trabalham nas muitas construções perto de casa.

Mas prazer de verdade sinto quando vejo o movimento dos beija-flores, que nos visitam sempre atarefados. Eles têm tanta pressa que já vão longe, nem se lembram da gente, das flores que plantamos mais para eles do que para qualquer outra coisa. Corpinho de bailarino, o beija-flor é a elegância em pessoa, em seus voos supersônicos.

As pombas também aparecem, com seu arrulhar de asmático, o que não me deixa admirá-las devidamente, são seres cinzentos na cor e no canto.

Uma ou outra corruíra se aventura pela grama, caçam seus insetos e nos deixam uma sensação de que a vida é frágil. Corruíra canta com grande beleza, quase não ocupa a cena e não tem cores vistosas.

À noite, outras aves frequentam nossa casa, mas delas nada sabemos, pois, desde que escurece, esperamos esfomeados o nascer do dia e sua festa passarinha.

Março de 2005

Aprendendo o Abecê

Um cientista escolhe as palavras por sua precisão semântica – e daí surgem as maiores aberrações em seus textos. Já o político prefere as palavras gordas, estereótipos que nada significam, mas que dão uma imponência ruidosa a seu discurso: cidadania, democracia, coalizão, povo... Os apaixonados usam frases bobas, mas tão verdadeiras e profundas naquele momento: eu te amo, não vivo sem você, senti tanto a sua falta, não te esquecerei jamais... O diplomata maneja um dicionário neutro, nada afirmativo, tudo derivando para o vago, pois não quer se comprometer.

Já o escritor escolhe as palavras marcantes. Guimarães Rosa, por exemplo, obcecado pela carnalidade vocabular, criava neologismos e buscava no dicionário os espécimes mais formosos. Ao dar nome a seu primeiro livro, procurou uma palavra com dois /as/, porque achava esta uma letra embelezadora. O livro chama-se *Magma* e traz a vantagem de dobrar o /m/. Mas o mineiro se deslumbrou mesmo com o título do segundo livro, uma continuação desse amor pelos /as/: *Sagarana*, sacrificando o sentido em nome do quádruplo /a/ e do simbolismo – pois o /a/ representa o início.

Embora sem as minúcias de Rosa, todos elegem palavras na língua, compondo um minidicionário de preferências, atendendo a razões absolutamente pessoais. Eu também tenho as minhas, apresentadas aqui numa breve introdução.

Abafador – que ou o que abafa. Há várias significações dicionarizadas para esta palavra, mas nenhuma dá o sentido que ela tem para mim: pequena construção de madeira, sem janelas, com uma única porta, levantada sobre quatro palanques altos e resistentes. Servia para recolher as cascas de arroz da máquina de beneficiamento de meu padrasto. Depois, o caminhão entrava embaixo e sacava as palhas por um compartimento no assoalho do abafador, que se abria, deixando descer o que ali ficara estocado. Pela porta lateral, entrávamos e empurrávamos as sobras para o compartimento. A palha era usada para cobrir plantações de morango ou para forrar a carroceria de caminhões boiadeiros. Além da evocação biográfica, esta palavra hoje me é grata pelo fato de a sílaba final /dor/ abafar a sequência de /as/ abertos.

Alqueire – medida principalmente de cereais, palavra vinda do árabe, onde *al* designa o artigo. A presença moura deixou na língua portuguesa mais de seiscentos vocábulos. Para nós, do interior, o alqueire era o terreno de vinte e quatro mil metros quadrados (alqueire-paulista, portanto) e pertencia ao horizonte agrário da cidade – plantavam-se tantos alqueires de arroz. Era uma palavra sonora e exótica que prometia fartura. A invasão da palavra *hectare*, muito mais seca e técnica, popularizada com o advento da soja, não tem a menor beleza, é uma típica expressão de novo-rico.

Arroba – também ligada ao universo rural, a arroba é igualmente uma palavra com longa presença na língua, usada principalmente para determinar o peso de carne – uma arroba equivale a quinze quilos. Os compradores de gado (meu avô e vários tios) saíam pelas propriedades distantes para arrematar animais e chegavam ao preço fazendo uma rápida avaliação de seu porte – esse novilho pesa tantas arrobas e dou tanto. Durante anos, achei arroba uma palavra insondável – só depois, quando o gado começou a ser pesado em balanças, nos abatedouros, entendi o que ela significava, mas me mantenho fiel àquele desconhecimento infantil e ao deslumbre de ver homens adivinhando as arrobas de um animal. Hoje, com o uso do *e-mail*, a arroba virou um símbolo vazio.

Balaústra – corruptela de balaústre ou balaustrada. Fazíamos cercas de balaústra: ripas de madeira, com a extremidade superior apontada para dificultar quem quisesse invadir o quintal e para dar alguma beleza às proteções que erguíamos em torno da casa, antes da moda dos muros de alvenaria, que para nós não eram de alvenaria, mas de material. Você tinha casa de madeira ou de material – esta era feita de tijolo e rebocada. A expressão deve ter surgido por analogia. Por ser construída com elementos da loja de material de construção, a casa era de material. Balaústra, por seu /u/ hiato e pelo encontro consonantal /tr/, sempre me pareceu uma palavra pontiaguda, agressiva, uma garantia contra os invasores. A casa era assim protegida também pela palavra.

Biscate – não conhecíamos outros nomes para a mulher que se entregava por pequena remuneração. Usávamos o universal filho-da-mãe, amenizando um pouco o xingamento. Mas para definir as damas de vida fácil, só havia esta palavra. Na minha cabeça suja, a sílaba /bis/ significava a repetição continuada daquele pecado. Havia mulheres que o cometiam de vez em quando e não eram propriamente biscates. Biscate era quem fazia a coisa várias vezes ao dia, ou à noite – inventei até um trocadilho: *biscatre*.

Carecer – ter necessidade. Eu ouvi este verbo a infância toda, principalmente na família de meu padrasto, que tinha vindo do interior de Minas – diretamente das profundezas da Idade Média. Se perguntávamos ao avô se ele queria ajuda em alguma coisa ou que lhe comprássemos um par de botinas, pois andava sempre de chinelos, surgia o verbo mágico: "não carece". Esta bela frase devolve--me a uma época em que a carência não tinha o sentido vergonhoso de hoje. Todos careciam de coisas, e ninguém era revoltado por isso. Recuperando amorosamente este verbo, talvez tiremos a dramaticidade de expressões como *população carente*, as tais palavras gordas e tão gratas a políticos oportunistas.

Cumbuca – é a cabaça, a cuia. Pela repetição de /us/, ela lembra mesmo um recipiente. Qualquer vasilha era para minha avó uma cumbuca. Ao ouvir esta palavra, eu ficava encabulado. Na minha etimologia maliciosa de menino de rua, ela era formada pela ligação, por meio da consoante /m/, da designação chula de ânus com boca (*buca*). Não entendia como minha avó, o recato em pessoa, pronunciasse tão cabeludo palavrão, que unia o órgão de comer com o de descomer.

E assim o menino foi aprendendo seu abecê, sempre pela via torta. Só depois, lendo Oswald de Andrade ("a contribuição milionária de todos os erros"), Guimarães Rosa e Manoel de Barros, ele descobriu que tais equívocos e obsessões com a beleza das palavras nos davam um idioma particular, garantindo uma fidelidade erótica à infância.

Fevereiro de 2005

Lareira

O barulho vinha da sala de tevê, onde, por ingenuidade, construímos uma lareira – acesa duas ou três vezes por ano, apenas para nos convencer de que esse detalhe arquitetônico não é algo tão sem sentido assim. Eu já tinha identificado passos no telhado e agora os ruídos. Acordei minha mulher.

– O que foi?

– Não está ouvindo?

– De novo com insônia? – e virou-se de lado, voltando a esse poço de águas calmas e profundas que é seu sono.

Abri o criado-mudo e não encontrei o revólver. Verdade que nunca tive revólver, mas há horas em que sentimos necessidade de sair em busca dele. Mexi na escrivaninha do quarto e peguei uma chave de fenda. A existência dela é ainda mais improvável do que a do revólver que não tenho. Sofro de aversão a trabalhos manuais. A chave era comprida, e o cabo de plástico estava gelado.

Desci as escadas segurando a chave de fenda como se fosse uma espada de criança. Completamente ridículo.

Nessa idade e ainda me assustando com um barulho provavelmente de raposa no forro – lembrei então que a casa é de laje e que raposas não são tão comuns assim.

Acendi a luz da sala de tevê e encontrei um Papai Noel sentado em frente da lareira. Ele estava com a roupa rasgada e suja de carvão. Em toda a minha vida, nem quando eu acreditava em Papai Noel, ele me apareceu. Depois deixei de me fiar nessas bobagens e sempre fiz os presentes natalinos de minha filha chegarem acompanhados de nota fiscal em meu nome, o que era motivo de espanto e revolta entre os vendedores.

– Naturalmente, o senhor quer levar a nota para o caso de algum defeito. Vou pôr em um envelope.

– Não, é como eu falei. Coloque a nota dentro da caixa do presente.

Julgando-me um louco, o vendedor olhava-me com ódio. Eu zombava da bondade dos comerciários, fiéis defensores das tradições natalinas. O fato é que minha filha nunca caiu no conto do Papai Noel. Olhava o presente e, assim que foi alfabetizada, lia a nota fiscal, avaliando as cifras de minha generosidade.

Agora, na minha sala, havia um Papai Noel. Eu poderia tentar uma pergunta de proprietário, como "O que você está fazendo aqui?", mas me sentia deslocado. Só podia ser um sonho. Então, fui tímido:

– Não estamos mais no Natal, não é?

– Você não tem calendário? – ele me perguntou.

Eu ri, era um Papai Noel irritado. As coisas estavam melhorando, cadê a hipocrisia natalina dos bons velhinhos, com suas panças de enchimento e seus óculos de lentes sem grau?

Eu me sentei no sofá, deixei a chave de fenda na mesa de centro e arrisquei mais uma pergunta.

– O senhor desceu pela lareira?

– Queria que entrasse por onde? Pela fresta da fechadura?

Continuei rindo. Gosto das pessoas sem tolerância, prontas para brigar com o mundo. Esse Papai Noel era dos meus. Fiquei em silêncio, olhando suas roupas estropiadas.

– O que foi? Estou sujo, sim, é que não volto pra casa desde o início de dezembro. Quando dá, tomo banho em minhas visitas. Você não tem umas roupas para me emprestar?

– Acho que não servem pro senhor – eu disse, estudando a barriga dele.

Ele puxou o saco de presentes que tinha ficado na boca da lareira e perguntou se eu tinha filhos.

– Uma filha – respondi.

– De quantos anos?

– Dez.

Fuçou o interior do saco e tirou uma boneca imensa, cabeça de plástico e corpo de tecido. As roupas eram antiquadas.

– Para ela.

– Não brinca mais com bonecas – falei, sem estender a mão para pegar o presente. – Neste Natal, ganhou um celular.

— O Natal ainda não acabou. Vamos, é uma ordem, pegue esta boneca, é pra sua filha, para que não deixe morrer a infância.

Ele queria dar dignidade às palavras, mas elas saíam sem entusiasmo.

— Crianças de dez anos não querem brinquedos.

— E você vem dizer isso logo pra mim? – resmungou o velho, erguendo-se e despejando os presentes no tapete da sala.

Caíram carrinhos, revólveres de espoleta, bonecas, bolas, caminhões da madeira, soldadinhos de plástico, pequenos e antiquados robôs, um trem e mais um monte de tranqueira.

— Ninguém aceitou esses presentes. Em todas as casas por onde passei, só queriam aparelhos eletrônicos. Eu sou um Papai Noel às antigas, meus fornecedores estão velhos, mas ainda conseguem essas preciosidades.

Olhei os brinquedos. Lembravam quinquilharias. Nenhuma criança de hoje ia gostar de objetos que pertenciam mais a antiquários.

— No ano que vem o senhor poderia tentar arranjar coisas mais modernas – animei-o.

— Não estou preocupado com o ano que vem. Assim que voltar pra casa, me aposento. Por tempo de serviço e desilusão.

— Então por que não volta agora?

– Você não entende nada de responsabilidade. Eu não voltaria sem ter distribuído todos os presentes.

– Então jogue no lixo.

– Jamais. Vou continuar minha jornada até entregar essas riquezas a quem as ame. Deve haver no mundo alguém que ainda as ame. Depois me aposento.

– Já tentou passar pelas favelas? Isso sempre dá certo. Todo ano vejo pessoas levando presentes humildes para as crianças pobres.

– Um Papai Noel de verdade não é um distribuidor de donativos. Ele não comercializa a alegria. E, me diga, como vou entrar nos barracos? Eles não têm lareiras. Cada dia está mais difícil encontrar casas com lareiras. E só estou autorizado a entrar nelas.

– O senhor podia abrir uma exceçãozinha.

– Não serei o responsável por tamanha decadência. Só entro em casa com lareira. Sempre foi assim.

– Mas e os pobres?

– Eles se viram. Aliás, entre eles, já fomos substituídos pelas lojas de 1,99.

Ficamos em silêncio.

Eu me agachei e comecei a mexer nos brinquedos. O caminhão basculante era igual a um que ganhei quando tinha cinco anos. O trenzinho lembrou-me o de um colega rico. Fui olhando cada um daqueles objetos. Eles habitavam minha memória.

Sentei-me no chão e comecei a brincar com eles. Os de menina eram iguais aos de minha irmã. Estavam todos ali, todos os nossos presentes do tempo de criança. O Papai Noel que nunca apareceu em casa súbito se lembrou da gente depois de tanto tempo e veio entregar os presentes que recebi, mas não das mãos dele, e os que cobicei em vão. Eram como se fossem meus.

— Fico com eles — falei pro Papai Noel, erguendo a cabeça.

Mas ele não estava mais na sala.

— Nunca vi Papai Noel em meados de março. Tudo não passou de um sonho — pensei.

Ouvi então um barulho no telhado e, em seguida, o vácuo de quem se lança em voo. Fechei os olhos e subi para o quarto. Não queria correr o risco de não encontrar no tapete os presentes tão longamente desejados.

Março de 2005

A Cidade Como Estilo

É impossível saber exatamente por qual razão alguém segue um caminho. Jorge Luís Borges dizia ser escritor por uma questão fisiológica e para corresponder às expectativas do pai, que sonhara dedicar-se à literatura – *Diálogos* (Globo, 2005). Escrever, no meu caso, com certeza, era arranjar discurso para um povo iletrado. Mas também um impulso genético, um acaso qualquer de cromossomos. Não sei dizer se tive consciência disso em dado instante, é bem provável que aos poucos eu tenha me encaminhado, meio cegamente, aos livros e todos os meus encontros definidores tenham sido ocasionais. Eu já carregava um sentimento incômodo diante da vida. Escola, biblioteca e amizades tiveram um poder muito restrito, servindo apenas para formalizar algo anterior a tudo, definido por sorteio no momento em que nasci.

Há um estalo existencial, no entanto. Eu devia ter cinco anos quando, olhando o pôr do sol no extremo de uma rua, senti um desespero para sempre. Em minha sensibilidade, gravou-se a ideia de que as coisas têm um limite falso, elas não cabem nem em nossa imaginação. Há um depois que foge totalmente às pessoas. Como primeira reação, agarrei-me à hipótese transcendente (este *depois* a Deus pertence) e me fiz religioso. Com as leituras, os estudos e as experiências de injustiça pelas quais todos passam, comecei a duvidar da esfera divina, restando-me um vazio. O depois do espaço conhecido é algo que não pode ser abarcado pela mente humana nem explicado por mitologias religiosas. A vertigem do infinito acabou amenizada por uma adesão ao mundo imediato.

Durante a maior parte de minha infância e durante toda a minha adolescência, fui levado a conviver com seres que não tinham tempo para questões transcendentes. Iam à missa dominical, rezavam as velhas orações e não se preocupavam com o Grande Mistério. Eles me davam lições de cotidiano. Meu padrasto tinha uma cerealista no canto da avenida Vila Rica, em Peabiru. O asfalto acabava em nosso estabelecimento, onde principiava uma estrada rural, conduzindo a lugares cujos nomes são hoje palavras mágicas: Colônia Mineira, Duas Vendas, Saltinho, Silviolândia, Rio da Várzea... É pronunciar tais topônimos e ser povoado pela memória sensorial de toda uma região.

Como a nossa era a primeira edificação urbana servida de asfalto, tornou-se parada de todos os agricultores pobres. Nos dias de chuva, vinham descalços, amassando barro por quilômetros, as mulheres com as sandálias na mão, os homens com os sapatos amarrados um no outro, pelos cadarços, e atirados sobre o ombro. Chegavam ao pátio da cerealista, onde meu padrasto tinha instalado uma torneira, arregaçavam ainda mais as calças masculinas ou erguiam ousadamente os vestidos, para lavar os pés e colocar os calçados. Despois seguiam com altivez para a cidade, onde comprariam o pouco de que precisavam – açúcar, macarrão, querosene, peças de tecido e aviamentos.

Atormentado pela ética do trabalho, meu padrasto nos fazia conviver com esta gente simples que era, para ele, o povo eleito. Detestava os ricos e acolhia os pobres. Nesses anos, ele foi padrinho em dezenas de batizados e casamentos, e nós frequentávamos todas as festas, comendo churrasco sapecado e macarronada com frango. Eu já alimentava manias urbanas e sofria um choque ao entrar neste mundo rústico.

Na escola pública, convivendo com gente rica e pobre, fui aprendendo as diferenças e adquirindo hábitos impossíveis em minha família. Participando da cidade por amizades feitas na escola e do universo rural pelas relações de meu padrasto, vivi em dois mundos. O mundo do trabalho braçal e o dos hábitos mais civilizados. Enquanto meu padrasto ouvia música sertaneja e tomava pinga, meus amigos me ensinaram a ouvir *rock* e a beber Coca-Cola e uísque.

Um caminho me levava ao passado, o outro me devolvia ao presente. Dividido entre os dois, sofria novo drama, saber a qual deles eu pertencia.

Foi nesta época que comecei a escrever. Como sou falastrão, espalhei entre amigos que seria escritor. Não entendo bem a origem da afirmação desta temerária identidade: viria da influência de John Boy, personagem de um seriado americano, *Os Waltons*, que assistíamos na tevê recém-comprada? Ou das leituras da Escola 14 de Dezembro? Das letras de certas músicas da MPB? Ou de tudo isso junto?

Hoje, vejo que eu já carregava tal destino desde o primeiro impulso de desenvolvimento genético, mas era uma vocação fora do lugar: o menino que não sabia muito de gramática, ia mal em inglês e cometia muitos erros ortográficos se proclamava escritor.

Uma vez anunciada a profissão, só me restava ser realmente escritor para provar que não estava mentindo. Comecei a ler e a me isolar em casa, para desespero de meu padrasto. Logo, no Colégio Agrícola de Campo Mourão, refugiava-me no alto da caixa d'água e gastava meus dias rurais entre livros. Em casa, aos domingos, eu me escondia no barracão da cerealista, totalmente fechado, sentava-me sobre as sacarias e lia principalmente poemas. Os primeiros poemas conscientes eu os escrevi na penumbra da cerealista, sentindo cheiro de café, arroz, amendoim, feijão, soja e poeira, a poeira de minha terra. Depois passava o poema a limpo, datilografando-o na inseparável Lettera 35.

Tornei-me poeta, mas parei de alardear isso, dedicando-me a outros gêneros, enquanto cultivava essas plantas secretas, das quais já dei pequenas amostras em alguns momentos. A minha é uma literatura autobiográfica não por falar de assuntos peşsoais e, sim, por ser escrita na linguagem comunicativa e concreta das pessoas comuns que tanto me marcaram. Para Joseph Brodsky, "a biografia de um escritor está nos meandros de seu estilo". É mais neste sentido que meus livros são um autorretrato.

Outubro de 2005

Viagens de Volta

Escrevi meu primeiro texto em uma atividade escolar, na detestada disciplina de Português, império das análises sintáticas. Isso aconteceu provavelmente na sexta série. Havia uma sequencia de quadros no livro didático e devíamos *vesti-los* com uma história. Lembro-me apenas que usei a palavra *vasculhar*, para espanto do professor. Fiz naquele momento uma descoberta definitiva – o enredo pode ser qualquer coisa, uma história das mais banais, pois sempre permite que contemos as coisas da nossa maneira. É a nossa maneira de contar, mais do que o que contamos, que determina ou não a qualidade literária. Desconfio quando um autor fala que está escrevendo um romance sobre isso ou aquilo. O *sobre* não tem a menor importância. O que conta é o *como*.

Meus livros nasceram mais de uma percepção vaga, de uma nebulosa, que foi tomando corpo na hora da escrita, do que de uma história que eu quisesse escrever. Geralmente não sei o que vou contar. Ou sei de forma muito vaga. E também desconheço como vou contar. A estrutura nasce com a escrita, é como uma roupa elástica que se ajusta às medidas do que descubro ao me dedicar a algo que me atrai, a imagens que tenho diante de mim, que me conduzem ao livro contido nelas e que já é mais do que elas continham, pois me acrescentei a este esqueleto inicial, dando-lhe uma carne provisória.

Trinta anos depois da descoberta da universalidade da história e da necessidade de individualizá-la com minha linguagem e meus tormentos, quando já me sinto um alienígena ao me comparar com o menino que fui, não só pelas mudanças de hábitos, mas principalmente por hoje morar neste planeta em estado de desertificação que é a meia idade, sou devolvido aos bancos escolares.

Não, não caçaram os meus diplomas. Nada disso. Volto pelas experiências de minha filha, que cursa a quinta série com mais dedicação do que eu, no meu tempo, mas com idêntico espírito crítico. Ela teve que escrever sobre ficção científica, usando como guia um poema de José Paulo Paes.

Zé Paulo, com quem convivi em meados dos anos 1990, foi para mim uma verdadeira faculdade de poesia. Eu o visitava em São Paulo, em busca da palavra formadora. A influência dele sobre mim é evidente, e já foi escancarada por André Seffrin. Meus poemas guardam o gosto pelo aforismo, pelo epigrama e pela recuperação memorialística, marcas do poeta.

Pois é a partir de um poema de Zé Paulo que minha filha fez o dela. Não é o seu primeiro texto, ela até já publicou um deles no suplemento infantil da *Folha de S. Paulo*, sobre a nossa gata Petuba. O título é "Sujadora de Vidros":

Nossa amiga, a Luzia,
estava limpando os vidros.
Do outro lado da vidraça,
Petuba queria brincar com o pano
que a Luzia estava usando.
A Luzia limpava de um lado
e do outro Petuba ia sujando.

Ao contrário de mim, ela tem uma memória musical ótima e decora canções logo depois de ouvi-las umas poucas vezes. Quando li o poema dela, baseado no de Zé Paulo, pensei: é apenas uma glosa. Mas não, o poema é totalmente dela. Continua valendo a velha descoberta – ao construir um texto (mesmo quando guiado por outro), estamos imprimindo nele nossas marcas mais intransferíveis.

Eis "Uma Viagem Espacial":

Que legal
uma viagem no espaço sideral.

Vi vários planetas
mas o que me chamou a atenção
foi Oscópio.

Era um planetinha muito legal
com muitas coisas no ar.
Saí muito assustada
porque não tinha noite.
Então eu pensei eu prefiro
o meu Brasilzão.

O que me encantou não foram as rimas nem o itinerário da viagem, tudo previsível. Mas esta comparação entre um pequeno planeta que não tem noite (ideal para quem padece de insônia) e nosso país, referido de forma pejorativa, mas com um carinho enorme. Somos uma pátria com muita escuridão, com tudo de triste que há nisso, mas que continua encantando as crianças. Uma pátria maior do que planetas imaginários, à qual sempre retornamos.

Setembro de 2006

Querido Papai Noel

Sou A. C., tenho 9 anos e quero lhe fazer um pedido de ganhar um cobertor de bebê pois minha mãe está grávida de sete meses ela não pode comprar pois está sem emprego eu agradeço se puder realizar meu pedido obrigado.
Endereço: Rua Fulano de Tal, n. 2.
Bairro: Órfãs.
Próximo da linha do trem.

Eis a cartinha que recebemos aqui em casa na caixa de correio, provavelmente distribuída pelo carteiro. Num primeiro momento não pensei na hipótese de ter sido colocada ali pelo rapaz que me traz as correspondências. Em certos dias, um batalhão de mulheres e crianças chega de ônibus ao bairro e faz o arrastão nas casas, mandando os filhos mendigarem, enquanto elas aguardam, prudentes, nas esquinas.

Uma manhã de frio, num domingo, este é o dia em que todos estão em casa, eu fazia minha caminhada. Um menino descalço, calção e camiseta fina pediu uma blusa. Comovido, tirei minha blusa e dei a ele, sentindo-me um cidadão exemplar.

Quando voltava, com os lábios roxos por conta da exposição ao clima, vi o mesmo menino sem minha blusa, tocando a campainha de uma casa. Como uma coruja perigosa, a mãe esperava não muito longe, com sacolas de roupas angariadas, que seriam vendidas em brechós.

O primeiro sentimento foi de raiva. Não pela peça perdida, mas por ter sido ludibriado por uma encenação barata. Se ao menos fosse algo mais sofisticado...

Trazemos tantos sentimentos de impotência diante das misérias sociais que caímos nas mais toscas armadilhas.

Depois pensei que cada um usava as armas que possuía, e que a forma de sobreviver daquela família era uma espécie de teatro vivo. Enganar os ingênuos. O mesmo teatro das prostitutas que fingem interesse. Ou dos políticos que vendem a imagem de pessoas preocupadas com o bem-estar coletivo. Esta arte vulgar nos persegue e nos engabela.

Agora a menina que pedia um cobertor para uma criança que vai nascer. A primeira reação foi dizer a mim mesmo, tranquilizando-me: quem virou o olhinho de prazer que vá atrás do sustento do filho. Também pensei em mandar a mãe bater à porta dos políticos assistencialistas que levaram o voto dela. Não tinha nada a ver com esse negócio todo.

Mas a menina não pediu algo para si e sim para o bebê. Havia uma renúncia que me comovia. Esses sentimentos piegas ficam mais fortes às vésperas do Natal, quando nasceu o Deus menino, pobrezito que ele só. Lembrei-me de minha formação católica, quem será este outro menino? Talvez seja um novo salvador do mundo e só quer um cobertor – um cobertor justo no verão, meu Deus.

– É provável que seja apenas mais um bandido – me disse meu demônio interior.

Bandido ou salvador, concluí, tinha direito a um cobertor. Minha mulher providenciou o cobertor e um presente para a irmã que escreveu a cartinha com sua letra tremida. O bairro tem o nome significativo de Órfãs, onde aliás já morei.

E a rua, segundo minha mulher, não passa de um campo esburacado, onde ela não conseguiu chegar de carro, tendo de aproximar-se a pé em busca da menina, que levou um susto ao ver alguém com o cobertor e um presente para ela.

O Papai Noel tinha respondido. Ali estava um pequeno milagre que nada tinha de divino, era apenas uma reação gerada pelo complexo de culpa próprio da classe média.

Ricos não sentem isso, apenas quem já esteve próximo da pobreza sabe quanto ela é destruidora.

De certa forma, eu tinha sido esse Papai Noel, tão tolo quanto os inúmeros velhinhos de vermelho que ficavam nas lojas, tirando fotos com crianças, distribuindo doces e acenando a todos. Dezembro é o mês mais cafona do ano, sempre desejo que tudo acabe logo, para voltarmos a um mínimo de seriedade.

Mas juro que fiquei com vontade de pagar os estudos da menina que me escreveu, de ser aquele que realiza sonhos. Num país em que os políticos não cumprem seu papel de dar uma vida melhor a todos, em que os milagres são cada vez mais raros (onde, senhores, nossos santos?), em que o estudo cria pessoas insensíveis, em que as ONGS estão envolvidas nas piores falcatruas, não seria o caso de cada um de nós, pelo menos no fim de ano, fazer alguns sonhos se realizarem?

Não, não tenho varinha de condão, não sei fazer chover no Nordeste, não aprendi a transformar água em vinho, então por que aceitar essa missão?

A criança que irá nascer, lá no bairro das Órfãs, terá que conhecer a sordidez do mundo, descobrindo que o Papai Noel que a visitou é apenas um homem comum, cheio de dúvidas e corroído, como todos os outros, pelo egoísmo, que não há espaço para ações nobres nestes tempos de alto individualismo e que aquele gesto, o presente para a irmã e o cobertorzinho comprado em uma loja popular, nada mais é do que um atestado de culpa.

Sim, todos somos culpados pela miséria que nos cerca, pelos maus políticos, pela destruição do planeta, pelas guerras, pelos dias de chuva, pelas dores de amor daqueles que não são desejáveis. Somos tão culpados que, como último consolo, acreditamos nessa farsa do Papai Noel, e até temos o desejo de ser um deles, não de vestir as roupas quentes, a barba branca e o olhar de amor, mas apenas de levar a alguém um presente. Como se, com isso, todos os nossos crimes, principalmente o crime da omissão, fossem automaticamente perdoados.

O difícil é tentar ser Papai Noel ao longo de todo o ano, em cada um de nossos gestos. Mas deixemos esta preocupação para o próximo Natal.

Dezembro de 2006

Chavinha de Santo Antônio

Num encontro com o romancista Antônio Torres, contei a novidade: serei pai de novo. As perguntas nesta hora são inevitáveis:
– É menino ou menina?
Sorrio um pouco, fazendo suspense. Se estamos numa refeição, tiro um pouco mais de comida, levo à boca uma porção pequena e mastigo lentamente, eu que como com certo desespero.
– Menino – eu disse, depois de fazê-lo esperar.
– Maravilha. E já tem nome?
– Antônio – falei.
– Toque aqui – me disse Antônio Torres, estendendo-me a mão, comovido por ver seu nome replicado num rebento.
Por décadas, ninguém mais dava esse nome aos filhos. Isso explica o protesto de alguns e a emoção de outros.
Antônio Torres tirou do bolso o molho de chaves e me mostrou uma chavinha com uma imagem de Santo Antônio, que ele carrega como amuleto.

— Vou conseguir uma chavinha dessas pro teu Antônio. Passados uns poucos meses, recebo carta de Torres. Dentro, a pequena chave, e os votos de uma vida feliz para meu filho. A mulher dele, Sônia Torres, na volta da universidade, passou pelo Convento de Santo Antônio e comprou a minúscula chave. É o presente mais simbólico que Antoninho recebeu até agora. Para que a chave abra as portas do bom sono, pendurei no berço que o aguarda.

Outro presente simbólico chegou de Rosemary Alves, editora da Bertrand Brasil. Quando lhe contei da gravidez, ela me mandou as provas de prelo de um de meus livrinhos para criança — *Estatutos de um Novo Mundo Para os Animais*, maravilhosamente ilustrados por Raul Fernandes. Minha mulher mandou emoldurar e agora está na parede do quarto, dando um colorido artístico a este lugar preparado para quem em breve chegará de terras ignotas.

Minha filha e minha mulher percorrem lojas e compram bonecos e brinquedos. Depois de anos, convivo novamente com carrinhos de plástico. Tudo é novo, embora os pais sejam esses velhos de cabelos que rapidamente ficam brancos.

O maior receio de ter filho depois de certa idade é que nos tornemos mais avós do que pais.

— Quando meu filho estiver com vinte anos, terei 62.

— Não faça essas contas — me aconselha minha mulher.

Mas é inevitável. Fazemos contas na esperança de que cheguemos à idade projetada, até que a ultrapassemos.

Quando meu filho tiver minha idade, serei um ancião de 84 anos. Mais ou menos nessa altura da vida, Saul Bellow, o romancista norte-americano, foi pai pela última vez. Vamos nos lembrando desses casos para criar coragem.

Confessei esta preocupação a um amigo, que me disse que ele e a mulher já estavam pela casa dos quarenta quando tiveram a primeira criança. Na sala de aula da filha deles, a maioria dos pais estava com a mesma idade. Nada mais natural do que começar uma família aos quarenta. Isso reflete a mudança da expectativa de vida – e de felicidade – da população. Casa-se mais tarde, depois da faculdade, da pós-graduação, de ter viajado bastante.

Começamos então a notar que vários amigos e conhecidos de nossa faixa etária – faixa otária, diria outro amigo – estão com filhos recém-nascidos. Fico nos imaginando daqui a dez anos, nas reuniões de pais na escola. Cabeleiras brancas e revoltadas, comentando as proezas de nosso pimpolho.

Mas me tranquilizo por saber que isso é um fenômeno mundial, pelo menos da classe média para cima. Filhos chegam mais tarde, é a nova ordem sexual do mundo. Nossas mulheres quarentonas estão enxutas e prolongam indefinidamente o seu poder de conquista, roubando-nos o bom senso na hora da prevenção. E o resultado é esse – filhos.

Bem, estas conclusões nos deixaram entusiasmados. Não importa que sejamos pais maduros, um filho vem para nos levar mais longe nesta aventura insensata. Então brindemos a sua chegada.

Nas últimas visitas ao ginecologista, minha mulher ficou sabendo que o Antônio deve nascer entre 20 e 26 de julho. Não vai ser parto normal. Então, podemos escolher a data. Começou um novo drama.

O aniversário de minha mulher é no dia 21 de julho e, como ela é a pessoa mais sensata aqui em casa, com uma paciência infinita, desejemos que Antônio herde seu gênio, sua visão otimista, sua crença no outro.

– Vamos marcar a cesariana para o dia 21 – proponho.

Minha mulher não diz nada. Mas, à noite, antes de dormir, ela pede.

– Gostaria de marcar para o dia 24.

– De jeito nenhum – protesto.

É que faço aniversário no dia 24 de julho.

– Gostaria que ele nascesse sob o signo de leão – ela insiste.

– Para ser mais um atormentado?

– Para herdar sua determinação – ela diz, com voz carinhosa.

Ficamos pensando nisso. Câncer ou leão? 21 ou 24 de julho? Visão pacífica ou crítica?

Uma amiga nossa, que também teve filho aos quarenta, informada sobre o dilema, não perdoa.

– Ele tem que ter uma data dele. Uma personalidade própria. Escolham outro dia.

Nossa filha é mais impiedosa.

– Logo vocês morrem e ele vai ficar carregando para sempre a tristeza de ter nascido no dia do aniversário de um de vocês. É muito egoísmo, não acham?

Diante destas opiniões, e segurando firme a chavinha de Santo Antônio – oh, dai-nos vida longa! – nós nos recolhemos definitivamente à nossa meia idade e meia.

Julho de 2007

Museu da Infância Eterna

Alguns anos atrás, numa de minhas visitas a antiquários, comprei um triciclo conhecido com tico-tico. Banco de madeira, os aros sem pneus, a cor original e muita ferrugem. O vendedor contou uma história típica. Pertencera a um velho colono italiano, morador de um sítio no interior do Rio Grande do Sul, cuja quinquilharia fora vendida pelos descendentes. Engoli o blá-blá-blá todo, pois não me importa muito a "antiguidade" do objeto.

O triciclo fica na sala de estar, e é sempre escondido quando crianças mais despachadas nos visitam. Todas querem dar uma voltinha, pois para elas uma bicicleta só serve para isso, não imaginam que pode ser um objeto com outra função. Para dizer a verdade, nem eu sei bem qual a função dessa bicicleta, talvez seja apenas uma peça de decoração. Mas quero acreditar que serve para alguma outra coisa, talvez para demarcar minhas mitologias.

Estando tão perto e tão distante de meus tempos de menino, minha tendência é fazer essas encenações que trazem algum conforto psicológico. Não posso retornar a um período que restou sob o entulho das horas, mas me move um sentimento de pertencer mais àquela temporalidade do que a qualquer outra. Sim, a infância é uma energia que nunca morre. E que nos socorre nos momentos de maiores angústias. Lembrar que já fomos jovens, que já nos colocamos diante do mundo com os olhos de primeira vez.

Isso explica minha obsessão temática pela infância, embora eu queira ultrapassar este campo que serve como um ponto de referência, de onde parto e para onde sempre volto, comprometido com as narrativas de retorno. Iludo-me que, depois de mais uma visita àquele período, terei esgotado os seus signos. Mas eles parecem inesgotáveis, guardando muitas mensagens que vou recebendo como o pintor de retratos que, por ser completamente sozinho, só consegue pintar a si próprio.

Imagens da infância não giram apenas em minha memória, estão pela casa.

Algumas fotos colhidas em álbuns familiares, e que mandamos reproduzir e emoldurar, tudo em preto-e-branco, mostram, entre pessoas perdidas, a rua principal de Peabiru, de terra na época. As fotos ficam na parede das escadas que levam à garagem. No centro, para fins simbólicos, pendurei um relógio moderno, que nos avisa que o tempo não dá tréguas. Aquelas pessoas passaram, nós mesmos, minha mulher e eu, já não somos como nas fotos. O mundo em que vivíamos morreu, legando-nos frágeis sinais.

No *hall* de entrada, deixo a lâmina de pedra de uma machadinha indígena encontrada em nossa propriedade, testemunho de um mundo desaparecido. Não servem para nada esses objetos, a não ser para recordar, para nos recordar, para remeter a uma infância pessoal e coletiva.

Com a idade, nossa vida de adulto vai sendo compacta, temos a impressão de que os últimos trinta anos cabem no máximo em cinco, mas a infância continua um território vasto, proprietária absoluta da maior extensão de nossas vidas, por mais que duremos.

Este fenômeno talvez tenha algumas explicações. Naquele período, vivíamos em um tempo mágico, em que tudo se dilatava pela imaginação, levando-nos a experiências potencializadas pela fantasia.

Eram compostos principalmente por descobertas os nossos dias de criança. E esses episódios são sempre únicos. Depois, a vida passa a ser rotina, e perde o caráter memorável.

Tínhamos uma disponibilidade, tanto de espírito quanto de tempo, que nos permitia dar a atenção devida às coisas, por isso elas nos marcaram tanto, e agora, quando tudo é pressa e estresse, levamos uma existência de autômatos, repetindo gestos, palavras, cansaços. Passamos indiferentes pelas coisas, que já não se fixam em nossa memória.

A infância serve também como uma ilha, útero, proteção. É o lugar mais longe da morte aonde podemos chegar. E vamos ficando lá meio por medo, precaução, comodidade. E sempre com a desculpa de que não terminamos nunca de fazer a cartografia desse território. Há todo um mundo que precisa de nós. Sem nós, os amigos mortos morreriam mais profundamente. As paisagens vistas, hoje destruídas, estariam ainda mais ausentes. As palavras levadas pelo vento não deixariam nem mesmo o frágil eco que repercute em nossa memória. Por isso polimos as peças dessa coleção de sombras e ausências. Assim queremos nossa casa, como um museu de outros tempos. De tempos que não foram nossos, mas que nos comunicam com alguma origem. O triciclo permanece na sala, levando-nos com suas rodas carcomidas a uma região remota. Num outro canto, duas capivaras de madeira, esculturas de Edson A. Cruz, falam de matas, caça, e são secundadas por um peixe de taquara que descansa sobre um armário do começo do século passado. Ele, o peixe, com sua bocarra, nos encantou por ser uma referência aos covos usados para pescar, tão comuns naquela nossa infância.

São também símbolos dela a coleção de lápis que se acumula numa mesa-vitrine na sala, projeto de minha mulher, e presente que recebi num dos natais. Agora, quando escrevo apenas em computador, sinto a nostalgia de formas perdidas de escrita.

Pois só se ama acima de todas as coisas aquilo que não se pode possuir de novo.

Agosto de 2007

Memória do Leite

Chegamos ao cúmulo da corrupção – falsificar leite em caixinha. Como o preço cresceu absurdamente, e conhecendo o altruísmo de todos, eu já vinha notando algo estranho nos derivados. Por exemplo, o requeijão em pote que consumimos aqui em casa, de uma marca líder, deixou de ser pastoso para ficar quase líquido. Antes, passávamos o requeijão nas broas com uma faca de mesa – agora, estamos usando colher.

Adulterar o leite, convenhamos, sempre foi uma prática comum entre os produtores. Até aí, nenhum espanto. O que mais me assustou foi o que se acrescenta agora ao leite. Poderíamos voltar aos velhos métodos de só adicionar água. Era mais honesto. E causava efeitos colaterais positivos no consumidor. Pois é sabido que todo mundo está precisando perder uns quilinhos e o leite aguado tem um teor menor de gordura. E há de se reconhecer que, uma vez no laticínio, ele será mesmo acrescido de água para produzir esta maravilha da sensaboria que é o leite desnatado – a que me submeto na vã esperança de emagrecer. Tudo bem analisado, o acréscimo de água ao leite é medida preventiva, e não deve ser creditado ao desejo de lucro do produtor e dos intermediários. Acredito que o Ministério da Saúde deveria incentivar esta adição. Pois todos queremos um país com mais saúde.

Eu, que sou do tempo em que se podia viver sem saúde, em que o regime gorduroso era não só tolerado como defendido pelas famílias, pois ninguém aguentava um dia de trabalho sem comidas fortes, com muito carboidrato e gordura, pois bem, eu que vivo à sombra desse mundo perdido ainda prefiro o leite de antanho.

Digo para minha filha, criada já no leite de caixinha:
– Você nunca bebeu leite de verdade.

E ela apenas me olha com desânimo, indicando que começou a sessão retrô.

Gosto de chocar. Então conto os detalhes.

O gado ficava preso na mangueira – um quadrado cercado com madeiras na horizontal e com uma parte coberta. Hoje, temos que traduzir tudo, pois este mundo parece tão distante da maioria da população. A mangueira não tinha piso, era chão fertilizado pelas bostas das vacas e pelo mijo abundante, produzindo uma pasta pisoteada pelos animais. O cheiro que vinha da mangueira era ácido, lembrando ureia (leia-se urina), e até hoje me encanta. De vez quando, antes de ultrapassar algum caminhão que transporta gado, abro as janelas do carro e aspiro o perdido aroma da infância.

— Credo, que nojo! — protesta minha filha. Naquela lama de dejetos e terra, meus tios e meu avô tiravam o leite. À tarde, as vacas eram separadas dos bezerros para que, pela manhã, pudessem dar o líquido esperado. Antes do nascer do sol, elas eram peadas. A pessoa encarregada da ordenha chegava com um balde, agachava-se, espirrava o primeiro jato de leite nas mãos rachadas e calosas, lubrificava as tetas e começava o movimento de apertar e puxar que, na minha cabeça suja, tinha algo de sexual.

Não obstante tudo isso, o leite saía branco, espesso, cheiroso. Terminada a ordenha de uma vaca, ela era solta para ficar com o bezerro, que procuraria o resto de líquido. O conteúdo do balde ia para um tambor ou direto para os litros.

Estava ainda nascendo o sol quando, depois de ser acordado por meu padrasto, eu seguia sonolento para a chácara de meus avós, que ficava a uns quatrocentos metros de nossa casa — morávamos na última rua da cidade, naquela época sem calçamento. Seguia com dois litros vazios. Ia direto para a mangueira, onde os homens já estavam adiantados na ordenha. Um deles se aproximava com o balde cheio, colocava o funil de alumínio na boca dos litros e despejava o leite morno. Eu tampava os litros com uma rolha e fazia o caminho de volta.

Chegava com a mesa sendo posta. A mãe fazia pão caseiro e lá estava um deles, rechonchudo. Ao lado, a lata de margarina. Havia também o bule de café. Faltava apenas o leite, que eu deixava na pia. A mãe tinha escolhido um guardanapo alvo, colocado sobre um caldeirão. Os dois litros eram coados. E no tecido branco eu podia encontrar, dependendo do dia, pequenas bolotas de terra, de fezes, capim, pelos. Depois desta filtragem, o leite era fervido e chegava à mesa com uma espessa camada de nata.

Meu padrasto bebia algumas xícaras de leite puro e não comia nada. Nós o misturávamos ao café. Esta dose matinal e mais duas fatias grossas de pão lambuzadas de margarina eram todo o nosso alimento até a hora do almoço.

Naquele tempo, encontrávamos no leite apenas as impurezas próprias da ordenha manual e rústica. Com um senso aguçado de honestidade, meus parentes nunca adulteravam o produto que os vizinhos buscavam na chácara. Comentava-se que um leiteiro conhecido, que fazia entrega a domicílio, não era mais confiável. Ao coar o leite, uma dona de casa tinha encontrado um lambarizinho morto. Ele estava adicionando água do rio.

Muitos anos depois, um primo meu foi flagrado batizando o leite que entregava à cooperativa. Na mesma época, o motor do trator dele fundiu porque havia esquecido de colocar água no radiador. Meu padrasto pontificou, biblicamente:

— A água que ele põe no leite para ganhar uns centavos a mais por litro é a mesma que faltou ao trator.

Ainda na infância, minha mãe fazia doce de leite com o excedente da produção. Minha avó preparava um requeijão duro e delicioso. Vinha em vasilhas de cozinha, de onde tirávamos pedaços para esquentar, numa panela com água, na hora de comer. Nunca mais experimentei esse requeijão rústico.

Talvez embalados por estas memórias, passando um dia por uma loja, minha mulher e eu compramos baldes de alumínio idênticos aos que eram usados na ordenha. Servem aqui em casa como cachepô para vasos de flores ou apenas para decorar a cozinha.

E é nesta cozinha contemporânea que abrimos caixas de leite longa vida com o mesmo sentimento de logro que os baldes decorativos produzem.

Novembro de 2007

Feliz Caderno Novo

Não há quem não se emocione diante de um caderno novo. Sei que, com a escrita digital, muita gente perdeu o convívio com este tipo de objeto, mas todos ainda devem se lembrar dos tempos de escola, ou de faculdade, quando abríamos cadernos recém-comprados para iniciar as anotações de uma disciplina.

Naquele então, nossos cadernos não separavam as dez matérias. Por isso, a gente dobrava, em forma de bico, a folha que abria cada seção. No centro, escrevia-se o nome da disciplina e do professor (melhor ainda se fosse da professora – daí a letra saía mais redondinha, para expressar todo o nosso amor). Havia uma grande expectativa com o novo ciclo. E lá vinham fórmulas, ditados, regras, exercícios de redação, que iam dando peso àquelas páginas em branco.

No princípio, a letra era caprichada, demorávamos um tempão para copiar as coisas da lousa, retardávamos o ditado, mudávamos de caneta. O número das questões era em vermelho. O r da resposta em verde. Se uma disciplina tinha as anotações com tinta azul, não usávamos a preta – e vice-versa.

Registrar com cuidado cada uma das coisas importantes – isso vai cair na prova! – era se preparar para um futuro visto como algo solene, que chegaria para alterar nossa vida. Em tais cadernos, nesta fase, não deixávamos nenhum resquício de amores ou de inconvenientes desejos. Somente o conteúdo mais sério era admitido.

Odiávamos o professor que não dava tarefa, que deixava brancas aquelas páginas. Era preciso inscrever algo ali, nem que não fosse tão importante. Quando um dos professores, geralmente o de Português, exagerava nas atividades, a parte do caderno destinada a esta disciplina logo se enchia, e tínhamos que usar uma outra que ficara praticamente vazia até aquele período. E, para mudar o nome da disciplina e o do professor, rasurávamos o caderno tão carinhosamente cultivado. Perdia-se assim sua condição de campo em que não eram admitidas ervas daninhas, em que as plantas estão alinhadas, depositadas em sulcos no espaçamento ideal para que cresçam e se desenvolvam.

O projeto de uma perfeição quase paradisíaca, que nosso capricho na hora de preencher o caderno construía, e a esperança de que o tempo vindouro fosse um espaço sóbrio se perdiam a partir do momento em que as anotações de uma disciplina invadiam o território de outra, destruindo as fronteiras que, movidos por um espírito ordenador, tínhamos levantado.

Iniciava-se a desordem. Tentávamos ainda controlar o que ia ficando gravado naquelas páginas. Firmávamos a mão para arredondar a letra, para dar ao texto um aspecto bem acabado, para escrever as respostas a lápis, mas súbito o diabinho do relaxo ia introduzindo borrões a tinta por tudo, e já não havia razão para tanto zelo, o futuro não era diferente do passado, ali estavam as imperfeições, as cicatrizes na pele lisa da página, as varizes vermelhas que manchavam o texto, as espinhas purulentas de pequenos desenhos que fazíamos nas margens para preencher o tédio de alguma explicação. O que antes era cosmos se tornara caos. O caderno deixava de ser espaço para a ordenação do mundo e das ideias e assumia sua condição de muro, onde todos inscreviam uivos de raiva e de amor. E apareciam nos cadernos nomes de pessoas queridas, palavras sujas, riscos, garranchos, desenhos, principalmente desenhos – caricaturas entre os que tinham maior aptidão para os traços, e rudimentares casinhas com árvore e sol nascendo entre nós, carentes de qualquer vocação.

O caderno se transformava num bloco risque-e-rabisque. Todo um projeto havia se perdido, os impulsos eram novamente senhores de nossas ações. Arrancávamos folhas em branco para fazer aviãozinho ou para mascar pequenos pedaços, formando uma massa usada como munição em tubos de caneta vazios, com os quais bombardeávamos o teto da escola, os vidros, a camisa de um inimigo.

Quando a coisa chegava a este ponto, já estávamos perto do Natal. Todo festejo era admitido, até os mais desagradáveis. Tínhamos que liquidar o ano, dizimar tudo, preencher agressivamente as páginas em branco ou nos livrar delas. Tudo era permitido. Dos riscos para testar caneta a poemas de amor enlouquecido, dos palavrões aos sussurros lúbricos. O caderno, antes campo cultivado, era agora terreno devastado por uma guerra. Acabara o tempo de construção, urgia pôr abaixo o que pudesse lembrar nosso frustrado anseio de harmonia.

De modo que nas páginas daquele caderno percebia-se uma linha divisória: de um lado o hemisfério frio do projeto, do sonho, da esperança, do esforço matemático de edificação de um tempo novo; do outro, o hemisfério quente das coisas descontroladas que nos assaltam quando a vida se impõe ao planejamento, quando o instante presente engole os sonhos de futuro.

Findas as aulas, atirávamos em gavetas profundas os cadernos. Nada daquilo fazia sentido, era letra que não queimava. E, tocados pelo sentido de renovação das festas de fim de ano, comprávamos cadernos novos, onde exercitaríamos novamente uma utopia qualquer.

Dezembro de 2007

Mudei Eu

No "Soneto de Natal", quando se confronta com o tempo antigo, Machado de Assis escreve um verso-resumo do sentimento de frustração que experimentamos ao recordar de outras idades que, filtradas pela neblina dos anos, parecem mais doces. Diz o poeta que nunca teve filhos: "Mudaria o Natal ou mudei eu?"

Sim, o Natal mudou – ficou mais profano, se mercantilizou, virou esta comemoração piegas, com excessos de comida, de bebida, de felicitações. Mas estas alterações de superfície são minúsculas perto das que sofremos interiormente. Por mais que tenha mudado o Natal, eu mudei muito mais.

Para o órfão já vivendo com o padrasto, o Natal era a possibilidade de alguma alegria. O carrinho de plástico que recebíamos dizia muito para aquelas crianças pobres. Era sinal de que o mundo poderia ser colorido, ter alegria, ser celebração da amizade e do amor, algo essencial para quem era criado solto nos quintais, distante de todos os afetos. Ali estavam o ouro, o incenso e a mirra de que falava a Bíblia. E nós nos sentíamos o próprio Senhor Menino, para quem os adultos faziam uma inimaginável reverência. O Natal era uma espécie de versão religiosa de nosso aniversário. Não se cantavam parabéns, mas a comida saía diferenciada, os presentes melhoravam e havia uma harmonia entre os familiares, sempre belicosos durante o ano todo.

De uma altura em diante, a mãe comprava os presentes com antecedência e os escondia em lugares de difícil acesso. Sabíamos que eles estavam em algum recanto, e começávamos a procurar. Nunca os achamos antes do dia de Natal, quando acordávamos bem cedinho para encontrar aos pés da cama o brinquedo humilde, humilde mais tão luminoso, pois nos dava a crença de que, sim, éramos amados.

Havia também a roupa nova, vestida assim que saíamos à rua para mostrar aos demais o que recebêramos. Não ocorriam constrangimentos em nossa rua, todos exibiam uma pobreza padronizada e pouco variavam os presentes. Isso permitia uma comunhão entre as crianças que só voltavam para casa, roupas já sujas, na hora do almoço, para provar de um cardápio colono mas farto.

Com a adolescência, os conflitos familiares se intensificaram. Não queríamos mais as roupas costuradas pela mãe, nem os calçados rústicos que usaríamos na escola no próximo ano. Também perdêramos o paladar para a comida roceira que se servia no Natal. Tudo ganhara um sabor de pobreza. Queríamos as roupas compradas prontas, e a mãe fazia um esforço para nos contentar.

E não eram mais os brinquedos que nos encantavam. Pedi uma vitrola, que agora tocava músicas de John Travolta e Olivia Newton-John. Num outro ano, ganhei um violão, que nunca aprendi a usar.

Os almoços, nesta época, eram na chácara dos pais do padrasto, onde eu já não ia por conta de tantos desentendimentos. A mãe preparava uma comida só para mim, e seguia para a festa. Sozinho, vendo televisão, eu engolia aqueles pratos improvisados. Avançava nas cervejas da geladeira, num início de outra vida.

O almoço de Natal, antes tão importante na nossa vida, se desintegrara. Eu tinha passado a ceia na casa de uns amigos, onde comia coisas diferentes, bebia champanhe importado, via mulheres bem-vestidas, ouvia comentários inteligentes. Estava deixando a roça e conhecendo os encantos da urbe. Afastava-me dos meus. Já quase nem me lembrava do sentido cristão da data, tudo era experimentar outros hábitos, vestir outra pele, desbravar outro país, mais moderno e tão distante do mundo medieval em que vivíamos.

Sozinho, no meu almoço de filho rebelde, eu queria me embebedar e esquecer da existência da família, da cidade, da minha sina de pobre. Queria a luz de uma estrela cosmopolita, e outros eram o ouro, o incenso e a mirra.

Passados tais momentos de deslumbramento, voltei-me um pouco mais para o pequeno núcleo familiar – mãe e irmãos. O padrasto ainda fazia o almoço de Natal com os parentes dele, mas nós ficávamos em casa em conversas animadas. Não recebíamos mais presentes, e nem dávamos – até hoje me sinto constrangido ao ser presenteado –, mas queríamos um pouco de requinte nas refeições. A mãe assava um peru caseiro, abríamos um champanhe ordinário, trocando a macarronada clássica por uma lasanha. Eram meros arremedos.

Os presépios e árvores de Natal, tão importantes na infância, tinham sido esquecidos. A manjedoura era a mesa da cozinha, onde nos reuníamos em torno de um Senhor Menino ausente. Havia ainda alegria, estávamos ali irmanados, mas logo cada um seguiria a sua estrela.

Casado, morando em outra cidade, passaria o Natal numa humildade solitária. Sem amigos ou parentes para compartilhar a data, minha mulher preparava um empadão para a ceia, abríamos um frisante, e íamos dormir cedo. Depois, no almoço, uma comida também rápida, muitas vezes num restaurante, e estávamos quites com o calendário.

Tudo isso mudou com o nascimento de nossa filha e agora com o de nosso filho. Voltaram a árvore da Natal e as imagens dos presépios. Dou presentes, embora ainda me recuse a recebê-los. E nos deixamos contagiar pela alegria natalina diante dos olhos de nossos filhos, que são a autêntica estrela de Belém.

Dezembro de 2007

Duas Velinhas

Antônio faz dois anos de idade. Este é um mês natalício aqui em casa. Logo depois, minha mulher completa... Bem, é melhor não revelar a idade dela. Três dias depois de seu aniversário, eu chego à espantosa idade de 44 anos. Explico. Nunca pensei que viveria tanto. E eis que o escriba ainda se apresenta por aí com indiscretas espinhas na cara. Pois passou faz muito tempo a adolescência e meu organismo, talvez para me negar seriedade, permanece com estas erupções próprias de uma época de muitos hormônios. Antônio poderia ser meu neto. Mas, graças às espinhas, ao cabelo que só agora vai pintando de branco, e às roupas mais jovens, passo por pai sem maiores constrangimentos. Por enquanto. Em breve, estarei de cabeleira branca na reunião da escola em meio a outros pais que poderiam ser meus filhos. Mas não sofrerei por antecipação.

Não fizemos ainda festa de aniversário para ele. Não terá nem mesmo um bolinho básico. Estas comemorações de primeiros anos de vida são mais para os pais, e sempre nos opusemos a elas. Até pelo fato de que tenho verdadeira aversão a festas. Passará em branco a data.

Ele ainda não forma frases. Diz coisas avulsas, um pouco por não conviver com outras crianças, um pouco pela própria índole. Herdou minha timidez, e se esconde sempre que chega gente em casa. Mas, alguns minutos depois, já está cheio de intimidades, igualzinho ao pai.

Como as meninas viajaram na semana passada, ficamos apenas nós dois. O primeiro problema foi aprender a preparar a mamadeira dele. Sou incompetente para a vida prática. Então, anotei a receita da mamadeira num caderno, junto com horários em que devia dar leite e remedinhos a ele. E mais outras providências. Ele colaborou e dormiu cedo todas as noites, mas eu já estava tão exausto, depois de um dia de trabalho (quando ele fica com a babá) e um começo de noite com várias obrigações, que não conseguia fazer mais nada, nem mesmo dormir.

Ainda antes de colocá-lo no berço, vinha abrir meus *e-mails*. Ele se sentava na mesa, fuçava em tudo, desorganizando coisas. Depois retirava as folhas da impressora, sentava no chão e quebrava as pontas de meus lápis na tentativa de desenhar. Mal terminava esta tarefa, já corria para minha antiga máquina de escrever, que fica em um balcão, e emplastava as teclas. Bem, não vou descrever todas as coisas que ele aprontava. Entre uma e outra, eu corria para pegá-lo subindo na poltrona, mexendo no aquecedor, tentando desconectar o fio do computador etc. Foram três noites assim, às quais sobrevivemos sem nenhum arranhão. Ele dormia no berço dele, mas de madrugada ia para minha cama. Perto das quatro horas, Antônio acordava e ficávamos vendo tevê ou brincando de carrinho. Numa das matinadas, ele me alertou:

– O-ou, papaiê. Nenê xixi.

A fralda não vencera e ele estava molhado. Consegui trocá-lo sem recorrer às anotações de todos os passos para este procedimento. Para complicar, queimou a lâmpada da cozinha na primeira noite, deixando-nos desorientados. Não sei trocar lâmpadas, por isso procurei uma vela que nos salvasse da escuridão. Claro que não achei nenhuma. Não sei onde ficam as coisas aqui em casa, e sempre que preciso de algo peço socorro para minha mulher.

O problema é que agora ela estava em São Paulo. Fui obrigado a me mover no escuro. Aqueci demais o leite uma vez. Na outra, derrubei o conteúdo na roupa dele. E tudo era motivo de risos entre nós. Quando as meninas chegaram de viagem, eu tinha os olhos fundos e alegres. Dormi menos de três horas por noite, e mesmo assim não adiantei nenhum dos muitos serviços.

Ao voltar do trabalho para o almoço, minha mulher tinha comprado as duas lâmpadas fluorescentes. E havia uma escada no centro da cozinha. Ligara para o eletricista que faz estes serviços para nós, mas não o encontrara. Ela tinha conseguido tirar as lâmpadas, mas o encaixe é meio complicado, por isso esperara por mim. Todos riram deste comentário. Como o atrapalhado vai conseguir fazer uma coisa tão complexa como trocar as lâmpadas da cozinha? O almoço estava pronto, servido na sala. Mas todos se reuniram naquela manjedoura para que meu constrangimento fosse público.

Subi a escada temendo uma queda. Passaram-me a primeira lâmpada. Lutei alguns minutos com o engate, recebendo várias sugestões. Tem que empurrar. Não, vi da outra vez o eletricista girando o tubo. Perguntei se não havia um manual para troca de lâmpadas. Infelizmente, não havia. Esgotadas todas as possibilidades, e sem cair, apesar de dois estremecimentos da escada, encaixei uma das pontas da lâmpada de um metro e meio. Em alguns minutos, o serviço estava feito e ainda coloquei as capas. Recebi os parabéns da família. Num discurso do alto da escada, disse que depois de ter sobrevivido na selva com o Antônio durante três noites, eu me sentia preparado para tudo.

– Mãe, o pai tá se achando – zombou minha filha.

Assim que pude, logo depois do almoço, corri para a biblioteca, lugar seguro onde não existem tarefas domésticas, e me perdi em uma de minhas atividades.

Hoje, ao comemorar o segundo ano de vida de Antônio, não acenderemos as tradicionais velinhas, porque não haverá nem mesmo um bolo, mas assim que levantar ligarei as duas lâmpadas que orgulhosamente foram trocadas por seu pai, filho. Que elas iluminem a sua vida.

Julho de 2009

Mutirão das Vassouras

Vou visitar minha família e chego à casa de minha infância à noite. Ao acordar, no dia seguinte, não encontro meus sapatos. São velhos, comprei-os anos atrás, mas tenho um carinho especial por eles. Quando entro na cozinha, para tomar o café preparado por meu padrasto (a quem chamo de pai), encontro meu irmão caçula calçando-os. Quer os sapatos. Tento dizer que são importados, gosto muito deles. Meu irmão me agradece por ter levado um presente e encerra a conversa.

Depois da xícara de café, o pai diz que está na hora. Saio com os chinelos de dedo, molhando os pés nas poças de lama, pois choveu a noite inteira e ainda chove. Meu irmão vai com meus sapatos. A poucos metros, o barracão da máquina de arroz está aberto. Meus tios, primos e empregados já estão lá. Todos, menos eu, sem blusa na madrugada fria.

Meu pai pega feixes de vassouras que ficaram curtindo em baldes com água e distribui as tarefas. Fico com a mais fácil, porque me desacostumei totalmente a fazer serviços manuais. Vou batendo um prego na extremidade de cabos, a maioria nova, de madeira clara, mas alguns escuros, já gastos pelo muito uso.

Um grupo vai amarrando arame no prego, prendendo assim as hastes de vassouras, cuja base se encontra maleável por conta da exposição à água. Para acomodar bem, batem tudo com o martelo deitado, depois apertam mais o arame. São quatro camadas de vassoura, que formam uma espécie de saia rodada. Outro grupo pega este material e prende a vassoura em morsas de madeira, como um O retangular. Isso dá o formato achatado à rama da vassoura. Com uma agulha de costurar sacaria, usando barbantes de plástico, de um branco perolizado, a pessoa faz costuras horizontais na palha, deixando no chão mais uma peça para o acabamento.

Um adulto leva estas peças para uma bancada de madeira e, com uma faca afiada, a mesma que usamos para sangrar os porcos, apara os dois extremos da palha. Na parte do talo amarrado ao cabo, o corte é feito com um leve declive para a madeira. Ouço o barulho da faca cortando maciamente os talos. Na parte inversa, que varrerá o chão, o corte é reto, formando uma escova áspera.

O último serviço é atar na parte de cima do cabo um barbante, formando uma laçada firme, que servirá para que se pendure a vassoura na parede do barracão. Uma por uma, assim que finalizadas, elas são enroscadas nos pregos, dando um colorido novo à parede interna jamais pintada.

Se a confecção de vassouras termina aí, ela começa bem antes. O pai primeiro plantou as sementes recolhidas do ano anterior, secou-as e guardou-as em sacos. Ou planta num canto de um dos sítios ou das chácaras da família, ou nos terrenos baldios, onde geralmente fazemos nossos campinhos. Capinou este terreno, depois colheu. A vassoura dá como se fosse um pé de milho, só que mais fino, soltando cabos com sementinhas pequenas e lustrosas. Feita a colheita com o ferro de cortar arroz, este que aparece no símbolo do comunismo, as hastes são secas.

Quando não têm mais umidade, a pai leva toda a colheita para os fundos do barracão e, numa engenhoca que ele construiu, faz a limpeza das sementes. Apenas os adultos podem se dedicar a isso, pois é um serviço perigoso.

Numa mesa rústica, ele colocou um tronco de madeira cravado de pregos sem a cabeça, fincados no sentido contrário, deixando a parte mais perfurante para cima. É como uma escova redonda de cabelo. Este tronco recebeu um eixo de aço, com polias nos extremos. Em uma delas vai a correia, ligada a um motor elétrico instalado na parte inferior da mesa. Acionado o motor, o tronco gira, e as pessoas vão colocando as vassouras, em pequenos punhados, para tirar toda a semente. O cheiro é forte neste momento, pois além de esfiapar os pendões, destroem-se muitas sementes, que liberam um odor oleoso.

A palha limpa é amarrada em fardos e guardada longe do chão. Ao primeiro sinal de chuva, para não perder o dia de trabalho, todos se reúnem no barracão de madeira para fabricar vassouras. Não há um número definido, mas as pessoas correm para produzir o máximo. Quando acabar o material armazenado, e vindo uma outra chuva, a pai terá que arranjar outra ocupação para aqueles homens, uns já de idade, outros ainda na infância. Até lá, poderemos ver as vassouras prontinhas (as melhores da cidade, pois não soltam o cabo) expostas sobre as caixas de arroz limpo. As mulheres comprarão esses utensílios domésticos na hora de buscar o alimento para o almoço.

Os da família e os que atuaram no fabrico não pagam por elas, mas devem trazer o cabo de madeira da antiga. Meu pai guarda o cabo sujo para o próximo mutirão das vassouras.

Na hora do almoço, quando estamos trabalhando, alegremente espalhados pelo chão, saímos um de cada vez para não parar o serviço. Vou almoçar, desviando das poças do quintal de terra, enquanto o pai e os meus irmãos ficam. Quando volto, alguns minutos depois, vai outro. E, assim, o ritmo de trabalho não diminuiu quase nada. Só paramos quando vem a noite.

Fazia muitos anos que sequer usava essas vassouras. Logo que deixei Peabiru, em minhas visitas à cidade, sempre voltava com esses presentes de meu pai. Eu ficava constrangido porque não tinha devolvido os cabos, descartados assim que as vassouras não prestavam mais. Mas nesta madrugada sonhei com o ritual comunitário. E revivi cada um daqueles momentos. Tudo talvez tenha retornado porque minha mãe me contou, algumas semanas atrás, que o barracão de madeira, totalmente vazio há anos, fora vendido. Vão desmantelar mais um pedaço de minha infância. Na hora me deprimi, mas depois fiquei pensando que nada pode varrer o que a memória retém.

Agosto de 2009

A Primeira Perda

Meu filho sofreu a primeira perda amorosa logo depois de ter completado dois anos de idade. Desde que nasceu, manteve uma proximidade afetiva muito grande com a babá, que dedicava imenso afeto a ele. Muitas vezes, surpreendíamos os dois brincando, e era como se tivessem a mesma idade. Karine bagunçava toda a casa em suas brincadeiras, fazendo o papel de irmãzinha. É que tivemos dois filhos únicos, pois a diferença de doze anos entre eles se fez algo intransponível.

Na hora em que Karine chegava, ele identificava os barulhos do portão e gritava euforicamente o nome dela, pronunciando apenas uma das sílabas.

– Nê.

A primeira reação de Antônio era correr, escondendo-se. A sua timidez, hereditária, não lhe permite um contato espontâneo no início. Mas minutos depois, os dois andavam pela casa como crianças num jardim de infância. Podíamos sair sem receio, pois a Nê assumia o comando de nosso filho, dando-nos algumas horas de folga. Foram quase dois anos assim, e isso fez com que víssemos Karine um pouco como filha, participando de seus problemas e de suas alegrias. Ela logo se tornou a número um no afeto de Antônio e isso nos dava uma segurança muito grande. Tínhamos alguém para ficar com ele, nós que vivemos tão isolados de nossas famílias, dependendo totalmente de quem nos presta serviço.

Duas semanas atrás, ficamos felizes ao saber que Karine arrumou um emprego melhor. Mas tudo foi rápido demais, ela começaria no dia seguinte. Então veio o medo. Como Antônio reagiria? Agora sabemos que foi uma orfandade que ele sofreu, tão intensa a relação entre eles.

No primeiro dia, ele não mencionou o nome de sua amiguinha. Passou uma semana e nenhuma referência. Continuou em sua vida normal, como se nunca tivesse conhecido Karine, numa demonstração de controle afetivo que nos impressionou. Não falamos nela neste período, ajudando-o a superar a situação. Ele não ficou nem mais triste nem mais alegre. Continuou com as mesmas manias. Evita o banho. Brinca com os brinquedos de sempre – agora sozinho, mas eventualmente nos convoca para auxiliá--lo, puxando-nos pela mão. Enfim, não percebemos alteração em seu comportamento.

No sábado seguinte, Karine disse que queria nos visitar para matar as saudades do bebê. Chegou na hora do almoço, e ele fez de conta que não a reconheceu. Daquele afeto que o deixava de olhos brilhantes sobrou apenas uma dureza, um olhar frio. Fizemos de tudo para demovê-lo desta postura, mas ele não quis ir para o colo dela. Karine saiu triste, e nós acabamos constrangidos. O que teria acontecido com ele em apenas uma semana? Nosso filho amadureceu tanto assim que pode dispensar uma pessoa que era a sua referência diária? Já não se tratava mais de timidez inicial, mas de um processo de apagamento do outro. Confesso que tive vontade de chorar. Por que nosso filho agia dessa forma?

Com o afastamento da babá, decidimos não forçar outro vínculo afetivo para ele. Era melhor dar início à sua vida escolar. Mas as aulas estavam suspensas por causa da gripe. Um temor a mais. A gripe. Não seria muito arriscado mandar um menino de dois anos para a escola num período em que a gripe suína fazia tantas vítimas? No final, preferimos confiar nos desígnios superiores e matricular Antônio.

Juliana comprou o uniforme e uma mochila do tamanho dele. No primeiro dia de aula, eu quis ir junto. Mas a pedagogia recomenda apenas uma pessoa, que vai acompanhar a criança no período de adaptação. Juliana ficou nas imediações da sala o tempo todo, voltando quando ele sentia falta da mãe. Seu comportamento ainda é individualista, pouco se relaciona com a turma, mas devora a comida com uma voracidade que não se manifesta em casa. Como chega cansado por ter saído de seu hábitat, tem dormido mais e melhor, dando-nos um pouco de descanso durante as noites.

A escola ainda o assusta, mas ele não desenvolveu nenhuma aversão a ela, tanto que toda tarde aceita alegremente vestir o uniforme. Está certo que são aulas ainda reduzidas, pois ele não fica lá o tempo todo. E a mãe esta ali, na distância máxima de um choro. Enquanto isso, outras crianças se aproximam dele, mexendo nas coisas com as quais ele brinca, empurrando-o ao passar etc., criando enfim uma desordem em sua rotina.

Além do uniforme, Antônio ganhou roupas novas, pois ele está crescendo. Juliana o veste agora com peças que fazem com que se pareça com um adulto. Calça *jeans*, camisas de manga comprida, sapatênis. Aos domingos, tem ido ao café comigo e todos se admiram com o fato de ele gostar de café expresso amargo, fazendo cara de satisfação depois de provar da bebida forte. Sim, aos dois anos de idade, ele toma café e faz questão de segurar sozinho a xícara, apesar do peso. Ela pende de seus dedinhos, mesmo eu bebendo boa parte do conteúdo antes de lhe passar o recipiente.

Em meio aos homens que frequentam o café naquele horário, ele deve se sentir um adulto em miniatura. Mas assim que chega em casa gosta de dormir no sofá da sala. Neste fim de semana, ele se levantou de um desses sonos matinais meio acordado meio dormindo. Ouviu um barulho no portão e gritou pela Nê. Mas era uma amiga de nossa filha. Ele então voltou a dormir pesadamente, como se não tivesse acontecido nada.

Agosto de 2009

Quarto de Filha

Antes ela queria dormir na cama deles, nem que fosse nas últimas horas da manhã. Chegava meio sonâmbula, com o travesseiro colorido numa das mãos, e se aninhava entre os dois. Um cheiro de inocência invadia do quarto. Ele não sabe explicar que cheiro era esse, de onde vinha, provavelmente dos sabonetes infantis, de alguma bala comida depois de ter escovado os dentes, ou do xampu, mas era impossível não notar a mudança do ar. Sem conseguir dormir, ele ficava apreciando aquela presença. Tudo duraria muito pouco. Era melhor aproveitar esta fase da filha: os pais são uma necessidade, nem que seja apenas de madrugada, quando ainda há uma vontade de ser uma criança entre adultos.

Mas já havia sinais de que ela passava por um período de mudanças. Nenhuma mais evidente de o quarto com móveis e decorações infantis não combinar mais com quem o ocupava. Na porta do guarda-roupinha, o espelho estava em uma altura que ela não conseguia ver o rosto. Na cama, estreita e curta, ela se equilibrava, tendo os pés descobertos, um pouco para fora do próprio colchão. O pai entrava no quarto e via aquele contraste.

Então ela comprou pela internet um perfume feroz e, pela manhã, além do banho, da meia hora no trato dos cabelos, com secadores e chapinhas, e da maquiagem, havia a sessão de perfume. No carro, enquanto a levava para a escola, o pai foi se acostumando ao novo odor, que o tonteava em horas tão matinais. Conduzia uma mulher. E quando a deixava no portão da escola, ela seguia em seu passo firme e decidido para o mundo que ele só conheceria assim, visto de fora, nuns poucos segundos em que o carro podia ficar estacionado para o desembarque.

Tem levado a filha no *shopping*, na casa das amigas, em festas, em lanchonetes, e se sente deixando-a no portão da escola. Excluído deste mundo, ele volta para casa com uma sensação de vazio. Passa então, como se tivesse em busca de algo, pelo quarto da filha, abre a cortina e olha o quintal da janela. Sim, é um território muito apertado.

– Você tem que se acostumar – diz a mulher.

Ele desconversa, lembra-se de alguma coisa do dia anterior, faz planos de uma viagem, fala que está pensando em comprar um armário do século xix.

– Chega de móveis antigos – ela diz. – Vamos reservar um dinheiro para o quarto dela.

Ele reluta.

– Poderíamos esperar mais um ano. Os móveis ainda estão bons. E como ela está crescendo...

– Ela já cresceu. Passou você em altura.

– O que não chega a ser uma coisa difícil – ele tenta brincar.

– Nunca é fácil ultrapassar os pais.

– Já perdi dois centímetros. Que a velhice seja bem-vinda. Móveis antigos combinam cada vez mais conosco.

– Não com ela.

E meses depois chegam os móveis do quarto da filha. Antes, os pintores trocam a cor das paredes, a mãe instala cortinas novas, com *black-out*, pois nos fins de semana a filha dorme até mais tarde, já não madrugando com os pais.

– Por que uma cama de casal para ela?

– Quando você fica sozinho em hotéis não pede apartamento com cama de casal?

– É mais confortável.

– Pelo mesmo motivo mandei fazer uma cama de casal.

A porta do armário é um imenso espelho, ele nunca tinha visto um tão grande. Não questionou nada, e ainda deu de presente para a filha um *laptop*.

A porta agora fica fechada. A filha não procura mais a cama dos pais. Durante a noite, ela ouve música até tarde. Quando ele gosta de alguma canção, pergunta o nome do intérprete, e ela dá a ficha completa, mas sem muita paciência. Como o pai pode desconhecer o sucesso do momento?

No carro, anda só com o iPod. Ouve num volume tão alto que ele também acompanha a música. De repente, num momento de generosidade, ela tira um dos fones do ouvido e coloca no do pai.

— Preste atenção, você vai gostar desta música.

Mas como prestar atenção se ela deixa apenas uns segundos e já volta à sua bolha acústica, cantando trechos. O pai dirige em silêncio, aproveitando todos os sons.

Ela se exila no quarto. É onde também fica o telefone sem fio. Não deixaram uma extensão do telefone lá, e agora o da sala mudou de lugar. Telefone, internet, tarefas escolares, música. É a grande ausente na casa, embora ainda passe ali a maior parte do tempo.

Como o quarto vive fechado, o pai bate na porta. Ela diz para entrar. Está na cama com o laptop. O espelho duplica a filha.

— Posso me deitar um pouco? — ele pergunta num tom meigo de voz.

— Hum-hum — ela diz, sem olhar para ele.

O pai está de pijama, deita-se sobre o edredom, ficando quieto ao lado da filha. Ela não lhe dá a menor atenção. Gostaria de rezar, como fazia todas as noites. Mas a filha não vai dormir agora.

Ele logo sai do quarto.

— Não se esqueça de puxar a porta — ela diz, olhando a tela do computador.

Setembro de 2009

A Falta da Filha

Minha filha passou duas semanas fora de casa. E isso desorganizou totalmente nossas vidas. Sabemos que os filhos devem ser criados para o mundo, então nada de ficar chorando as ausências que, daqui para frente, serão maiores e menos espaçadas.

Os filhos partem, e nós, os pais, temos que nos contentar com as lembranças que guardamos mais conosco do que em gavetas, armários ou porões. Nunca filmamos nossos filhos, nem mesmo possuímos uma filmadora. Não foi algo premeditado, apenas não nos interessamos por congelar imagens e sons deles. Mas me lembro de boa parte de nossos momentos comuns. Também não guardamos roupas, calçados ou brinquedos, cascas de uma pessoa que não voltará mais.

Atormentados pela mania de ordem, vamos fazendo limpezas periódicas, doando aquilo que já não nos serve. Havia, aqui no quintal, um parquinho que, dez anos atrás, montei para nossa filha. Assim que ela cresceu, passamos para frente. Agora, com o nascimento temporão do Antônio, sentimos falta de brinquedos e talvez até compremos outro parque.

Da infância de nossa filha ficaram algumas fotos, mal tiradas, pois nossas máquinas sempre foram precárias. Aliás, continuam sendo. No começo destas férias, Cami resgatou algumas fotos, as melhorzinhas, imprimiu em tamanho grande, emoldurou e colocou numa parede no quarto dela. Eu a via sempre mexendo neste material, ideia que lhe veio depois de visitar uma *scraperia* – lugar, segundo ela me informou, onde se personalizam álbuns de fotos.

Logo em seguida, Cami viajou para a praia com uma amiga. Ficamos aqui, aproveitando a casa subitamente liberada para nossa velhice. Como Antônio dormia de dia ou ficava com seus brinquedos, nós nos sentíamos como no começo do casamento, quando a casa toda nos pertencia.

Mudamos o nosso horário de dormir, pois estávamos em férias, passando a ver filmes até tarde da noite, coisa impossível quando a casa está cheia – sim, a simples presença de um adolescente preenche todos os espaços.

Mas a sua ausência também trouxe problemas. Não acertávamos mais a medida da comida a ser feita. Sobrava carne na travessa, ninguém dava conta do arroz e os refrigerantes tamanho família, abertos, perdiam o gás na geladeira. Foi assim que começamos a sentir a falta da filha.

– Se ela estivesse aqui, estas almôndegas não teriam sobrado – eu disse na hora do almoço.

E Ju e eu dividimos as sobras, mesmo sem fome alguma, em homenagem a quem tanto aprecia este prato.

Até o Antônio notou o esvaziamento da casa. Do nada, saiu-se com essa:

— Cacá fugiu.

Explicamos que ela não tinha fugido, estava na praia, com os amigos. Ele então completou, com a sintaxe torta dele:

— Cacá na praia fugiu — e riu.

Corremos ligar para o celular da Cami, para contar a gracinha do irmão. O celular estava desligado. Ela só liga quando quer, fala pouco, está sempre com pressa.

— Na idade dela, também tínhamos pressa — me diz minha mulher.

A distância entre gerações nasce disso. Os jovens têm pressa. Nós seguimos com o passo vagaroso dos que tentam retardar o tempo.

Mais comovente foi a dedicação de nossa cachorrinha, a Mel. Assim que abria a lavanderia, local em que dorme, ela corria para o quarto da Cami e, se o encontrava fechado, deitava-se diante da porta e esperava. Esperava por muito tempo.

Pela manhã, nossa cachorrinha tem o hábito de pular na cama da Cami e acordá-la. Nesta ausência, se o quarto estava aberto, ela rondava a cama e, melancólica, ia para a sala, para olhar o movimento da rua, postada em um sofá.

O telefone de casa tocou muito menos neste período. Mais da metade das ligações nos dias normais é para a Cami. Então, eu que detesto telefones, me irritava com o silêncio do aparelho, aguardando ansioso a volta das muitas chamadas, quando tenho que sair em busca da filha para lhe passar o aparelho sem fio.

Depois de alguns dias aproveitando o sossego de uma casa sem adolescente, começamos a entrar, sem motivo, no quarto dela. Minha desculpa foi que, após o almoço, para cochilar, não existe lugar melhor do que aquele cômodo. Deitado, olhava as fotos dela na parede, os seus objetos, os armários em ordem – coisa rara quando ela se encontra em casa. E não conseguia dormir direito, tantas as cenas que me vinham.

Mesmo assim, tentava descansar na cama de colchas coloridas, iluminada por um porta-retratos em forma de cubo, com várias fotos de minha filha. Em uma delas, ela manda um beijo.

– Está rindo do quê? – minha mulher me flagrou.

– Se lembra daquele dia em que a Cami... – e inventei algo para despistar minha emoção.

Nos últimos dias, pegamos a mania de fazer reuniões familiares, com a indispensável presença da Mel, na cama de nossa filha. Ficávamos conversando, brincando com o Antônio, esquecidos do resto da casa, que se tornou um lugar inóspito para nós.

Colocávamos um dos CDS no aparelho dela e ficávamos ouvindo.

— Até que as músicas dela não são assim tão ruins.

Num domingo, ela ligou às sete da matina.

— Nossa! já acordou?

— Paiiii, não vê que estou chegando agora. Daí resolvi ligar.

Fiquei em silêncio, tentando achar um comentário que não fosse de repreensão.

— Mas está tudo bem, não está?

— Claro, né. Por acaso eu estou chorando ou algo do tipo?

E ela desligou sem que eu me decidisse se lhe desejava boa-noite ou bom-dia.

Fevereiro de 2010

Prosperidade

Já não éramos pobres, mas ainda não tínhamos dinheiro sobrando. Então, quando eu queria sair, meu pai me dava umas notas pequenas, suficientes apenas para pagar a entrada no clube e um refrigerante.

– Filho meu não pede nada aos outros.

Assim era meu pai, tinha desses orgulhos, próprios de quem sofreu nas unhas da vida. Só que ele não sabia que o meu refrigerante, naqueles dias, era cerveja e custava bem mais caro.

Sem que eu pedisse, minha mãe me passava algumas notas adicionais. Dizia que tinha encontrado o dinheiro no bolso da calça de meu pai, na hora de lavar a roupa dele. Minha mãe mentia bem, e eu acreditava nela – a gente tem que acreditar em algo. E ela assim pôde continuar atacando em paz a carteira do marido enquanto ele dormia.

Com a soma dessas doações, eu saía nas noites de sábado. A cidade toda se reunia na frente do único cinema. Quem tinha carro ficava dando voltas na avenida. Quem não tinha, encostava-se nos carros estacionados e olhava o movimento. Alguém aparecia com uma garrafa de cerveja – não havia latinha nem *long-neck* – e todos bebiam no bico. Quando chegava minha vez de buscar uma cerveja, eu dizia que estava enjoado. Algumas pessoas riam, duvidando de mim. Eu então forçava umas ânsias de vômitos.

 Era assim que me afastava, passando mal até encontrar um outro grupo de amigos. Andar faz bem. Logo eu vencia a indisposição para rir das brincadeiras coletivas, aceitando a garrafa de cerveja que passava de mão em mão.

 Com sorte, conseguia ficar bêbado até a hora de começar o baile, quando eu pagava a entrada com orgulho, lembrando-me de meu pai, filho meu não pede nada aos outros, e me perdia no imenso salão, escuro como uma caverna, iluminado apenas pelo pequeno globo que girava e girava no centro da pista. Com as mãos no bolso da calça, não por timidez, mas por amor à postura correta, eu contemplava aqueles que sabiam dançar.

 E tinha a urgência de beber algo. Deixava o salão, a música tocava cada vez mais longe, rumo ao bar, iluminado demais para quem saía do ventre escuro da baleia. Os que não dançavam bebiam. Cada um comprava no balcão a sua garrafa de cerveja.

 Eu não havia ainda ido à zona, mas estava informado de que lá as bebidas eram caras, e que as mulheres fingiam beber com você e, aproveitando de sua embriaguez, despejavam os copos num balde sob a mesa, tornando a conta uma enormidade.

– Nunca gostei de puta – eu falava, recusando os convites para ir à zona.

– Vamos só para beber – eles respondiam.

– Estou tentando parar com isso – eu revidava.

Mas ali no clube eu queria beber para me enturmar. Então contava as notas e entregava ao balconista, recebendo a primeira garrafa. Tomava um gole e saía pelo clube, para mostrar a todos que agora eu não passava mal do estômago.

Como meu dinheiro só dava para umas duas cervejas, era preciso economizar os goles. E ficar mais bêbado do que estava, impressionando assim os descrentes.

– Está gastando hoje, hein – alguém comentava.

Na segunda e última garrafa, eu já caía pelos cantos. Era desse jeito todo sábado.

– Coitado deste menino, tão jovem e já perdido na bebida.

Naquela noite, tropeçando nos próprios passos, fui para o banheiro, segurando a segunda garrafa, ainda pelo meio.

Tentando me equilibrar, mirei o vaso para acertar o piso. Alguém perguntou se eu ia mijar dentro da garrafa para fingir que ela estava cheia.

Eu me virei, subitamente sóbrio. Uma quentura tomou conta de minhas orelhas. O que ele estava pensando?

Não falei nada, mas olhei para quem zombava de mim, o filho de um comerciante rico da cidade.

As pessoas no banheiro se aproximaram, fazendo um círculo em volta de nós dois.

Olhei o outro e olhei a garrafa com pouco mais da metade do líquido. E espatifei tudo no chão do banheiro, molhando as calças de quem estava mais próximo. Foi quando o segurança do clube chegou, um saqueiro que conhecia meu pai, afastando todos e pisando nos cacos. Não vi mais nada. Ele me acertou o nariz, bati a cabeça na parede, mas não caí, uma mão imensa me segurou pelo colarinho, ouvi uma costura rasgando – como iria explicar isso para minha mãe, que fazia minhas camisas?

Fui arrastado até o bar, as pessoas me acompanhavam. O presidente do clube apareceu, haviam denunciado meu crime.

– Você vai pagar esta garrafa – ele falou.

Tudo bem, eu ainda tinha uns trocados. Mas daí ele falou o preço. Dava para comprar um engradado inteiro. Eu ri, sentindo o gosto de sangue na boca.

– Está rindo do quê, idiota?

Eu pensava que aquilo parecia a zona. Foi o que falei.

E recebi mais um soco do segurança. Alguém gritou chega. Não vi quem foi, pois fora atingido no olho. Soube depois que alguém pagara o valor estipulado por aquela cerveja de zona, me levando para fora do clube.

Zonzo, achei o caminho de casa, indo direto para meu quarto. Acordei na manhã seguinte com minha mãe gritando. O olho inchado, a fronha com sangue seco. E a frase que ela repetia:

– O que fizeram com meu filho? O que fizeram com meu filho?

Levantei da melhor maneira que pude e sorri.

– Não foi nada mãe. A senhora não viu o estado em que deixei os outros.

Ela cuidou de mim, me limpou, fez compressas. O pai foi até a casa de um conhecido que trabalhava no clube e voltou com uma história estranha, de que haviam batido em mim porque eu não tinha dinheiro. Cada coisa que inventam da gente! Enfiei a mão no bolso da calça e mostrei ao pai duas notas e algumas moedas.

Ninguém falou nada, mas algo mudou. Começamos a viver um período de prosperidade. A mãe achava muito mais dinheiro agora nos bolsos do pai e, para comemorar, eu sempre pagava bebida aos meus amigos.

Fevereiro de 2010

Óculos Para Quê?

– Há problemas de vista que chegam de uma vez – um amigo me diz.

Não quero acreditar, pois, próximo dos 45 anos, venho tendo uma autonomia de visão que me orgulha. A vantagem de não usar óculos é que a pessoa não corre o risco de perdê--los. Vocês não imaginam a importância disso para um distraído. Então, vou confiando mais um pouco na minha capacidade de enxergar bem, a despeito das provas em contrário.

No restaurante, se não consigo ver os ingredientes de um prato que não conheço, culpo a luz fraca do ambiente ou o brilho do cardápio, que produz reflexos, atrapalhando a leitura – e isso acaba divertindo minha mulher, que usava óculos até um dia desses.

Desde jovem, ela tem alguma dificuldade de visão. Mas os seus óculos ficavam principalmente no porta-luvas do carro, para quando fosse abordada por algum policial – na sua carteira de motorista constava esta necessidade.

Depois de anos sem retornar ao oculista, na última renovação da carteira, a médica de plantão atestou que ela está enxergando muito bem. Tinha enfim se curado, voltando a ver como no passado. Em nossa primeira viagem depois deste pequeno milagre, chegando em um local com plantações que margeiam a pista, distraída, ela pergunta:

– Que plantas são aquelas que soltam pequenas flores pretas?

Minha filha e eu começamos a rir.

– Não são flores. Mas a tela usada para diminuir o sol sobre os parreirais.

E aí tripudio:

– Onde estão os seus velhos óculos?

Não insisti para que ela voltasse a usá-los, pois sempre há o risco de ver coisas desagradáveis, como o rosto já um tanto envelhecido do marido. Uma vez ou outra, ela troca algumas figuras da paisagem, mas nada muito grave.

Recentemente, minha filha começou a reclamar de dores de cabeça. Uma das hipóteses era um probleminha de visão. Perguntada se alguém usava óculos em casa, ela teve que dizer que não. Mesmo assim, acabou no oculista, de onde veio alegre com uma receita para óculos, talvez sonhando com um novo visual.

A adolescência é isso, tudo se transforma em oportunidade de se experimentar em outro papel. Queremos ser quem ainda não somos. Uma pequena alteridade. Pintar o cabelo. Colocar *piercings*. Tatuagens. Felizmente, minha filha poderá modificar-se apenas com o acréscimo de óculos. Foi à óptica e escolheu um modelo caro. Ela pertence à geração das grifes, e os óculos devem fazer parte de todo um aparato da moda. Com este novo visual, e sendo uma menina alta, vai ficar com ar mais adulto.

Calei-me diante desses fatos, para espanto de todos aqui em casa, já acostumados com minhas reclamações. À noite, recordo tudo com minha mulher.

Nós ainda não nos conhecíamos quando inventei que estava com problemas de vista. Minha mãe me levou a um oculista que atendia por atacado em suas visitas a Peabiru. Havia um cartaz dizendo que no dia tal em tal lugar o doutor Fulano estaria fazendo exames de vista. Fui com um amigo e assim arranjamos nossas receitas.

Comprei umas armações redondas, imitando madeira, e passei a ficar parecido com o John Lennon. Meus cabelos eram encaracolados e cumpridos, e minha silhueta de uma magreza quase doentia. Foram alguns anos com este pequeno problema de saúde. Naquela época, não ia a lugar nenhum sem meus óculos. E, como começava a se espalhar pela cidade que eu queria ser escritor, os complementos caíam muito bem com a imagem que eu queria que tivessem de mim. Guardo uma única foto deste período, eu de camisa xadrez na frente do colégio, junto com dois grandes amigos da época, também exibindo seus óculos.

Quando conheci minha mulher, já tinha voltado a enxergar melhor e a primeira atitude que tomei foi cortar bem curtinho o meu cabelo, para lhe fazer uma surpresa. Surpresa que teve efeito contrário, pois ela confessou que os preferia compridos. Foi com cabelos longos e encaracolados que, alguns anos depois, me casei.

Com este histórico, não ia me opor à decisão de nossa filha de, a partir de agora, ter uma pequena deficiência de visão, na mesma gravidade que aquele médico itinerante encontrara em mim – meio grau. Por mais que a ciência tenha evoluído, os diagnósticos continuam idênticos aos de trinta anos atrás?

Para brincar com ela, lembrei de quando meu avô começou a usar óculos. Ele já tinha mais de setenta anos, era completamente analfabeto e vivia sem fazer quase nada numa chácara no final da zona urbana de Peabiru – região hoje tomada por loteamentos populares.

Foi numa visita de fim de tarde que o encontramos, minha mãe e eu, usando óculos para perto. Ninguém podia acreditar naquela mudança.

– Vô, para que isso? O senhor já não trabalha e nunca aprendeu a ler.

Ele arrumou a armação no nariz e falou, olhando bem em nossos olhos, de forma séria.

– Para poder tirar meus bichos de pé.
Não rimos na hora. Sabíamos que era séria a sua resposta. Não enxergava mais e não queria pedir este pequeno favor a ninguém. Tirar bicho de pé era algo muito íntimo. Agora, quando minha vista se revela cansada, o que talvez seja uma garantia de paz, pois perderei a capacidade de ver criticamente tudo o que me acontece, eu gostaria de poder contar com aquela inocência roceira, já que não tenho mais o desejo adolescente de parecer uma pessoa madura.

Março de 2010

Dois Caçadores

Pelo excesso de chuva, nossa casa está sendo invadida por lesmas. Lesmas escuras, que lambuzam (há quanto tempo não usava esta palavra!) o chão e as paredes. É natural que todos tenham nojo de lesmas, pois elas negam a evolução da espécie animal.

Como descendente direto de caçadores, sou escalado para livrar a família do perigo de se confrontar com esse ser espasmódico.

Também sou chamado para caçar aranhas, mariposas ou mesmo um ou outro passarinho que invade nossos domínios. Meu filho, na curiosidade de seus quase três anos, se diverte com a missão paterna. Não posso fraquejar na frente dele. E piso com força na aranha, esmagando-a. Ele tem que saber que o pai pertence à linhagem daqueles homens rudes que saíam em busca da caça para alimentar o clã.

Passarinhos eu costumo perdoar, não os mato tal como fazia na infância, quando eram tão comuns as passarinhadas com polenta. Não os sacrificamos mais porque nos tornamos contemplativos – efeitos da civilização que nos dá tudo pronto. Deles só queremos o som, principalmente depois das oito da manhã, quando já estamos acordados. Passarinho entrou em casa, eu saio correndo atrás, o maior estardalhaço, o bichinho se estressa um pouco, meu filho se admira da minha coragem e, depois dessas perseguições farsescas, deixamos que ele escape.

Faço a mesma coisa com as mariposas.

Mas como tratar as lesmas?

É difícil amar um ser tão primitivo, e que suja tudo por onde passa. A lesma nos remete às coisas mais horríveis. Ela é desprotegida demais. É como uma parte móvel de nossas vísceras. Não podemos ter piedade de algo assim. Devemos exercer toda a nossa fúria primata contra ela.

Queremos, lá no fundo, cultivar nossa ferocidade, nem que seja como teatro. Já percebi que, mesmo não gostando de churrasco mal passado, de vez em quando me vem a vontade de provar desse tipo de carne. E ataco um pedaço de picanha rubra, mastigando com ódio aquele naco de carne ancestral. Ou peço um ovo frito meio cru e deixo a gema escorrer no arroz branco, sujando prato, garfo e meus lábios. Estou lutando com outras espécies para sobreviver, como descobriu titio Darwin.

E agora tenho diante de mim uma lesma. Meu filho olha a intrusa e diz:

– Matar, papai.

Seus olhinhos brilham. Estamos num momento de perigo. A espécie humana contra os insetos invasores. Lá na mente de meu filho, uma lesma não se encaixa em nada que ele entenda como doméstico. Precisa ser eliminada impiedosamente.

Não posso correr atrás da lesma. Ela quase não se mexe. Tocada, contorce-se toda, revelando a parte de baixo, branca e em formato de vagina.

– Dela barriga, papai?

Digo que sim. É o primeiro reconhecimento que meu filho faz do monstro.

Não vou também pisar nela no chão da sala. Além de sujar minhas sandálias, deixaria uma gosma no piso. É preciso tomar providências militares. Retirar o elemento da área social.

– Uma folha de papel – peço.

Meu filho sai correndo e volta com a folha, que retirou da impressora.

– Ati, papai – ele diz em seu idioma-mirim.

Recolho aquele ser que se retorce e, em ritmo de marcha, vamos para os fundos do quintal. Meu filho me segue multiplicando seus passinhos infantis.

Jogo a lesma numa pedra do jardim e volto para a cozinha; o soldado fica cuidando da prisioneira sem retirar os olhos dela.

Reapareço com um punhado de sal na mão. Meu filho não consegue entender o poder desta arma química.

Quando éramos crianças, matávamos lesma com sal. Primeiro soltávamos umas poucas partículas sobre o corpinho esponjoso dela e ficávamos vendo as reações: ela começava a se dissolver. Os químicos devem saber explicar este fenômeno que nos fazia perversos. Depois, cobríamos a lesma com bastante sal para acompanhar a sua mudança de estado – ela virava uma pasta escura.

Ia demonstrar isso a meu filho. Fazia parte de uma aprendizagem masculina. E teríamos coisas em comum em nossas infâncias.

– Olha, papai! – ele quase grita.

Abandono as recordações e vejo a lesma que, depois de se familiarizar com a pedra, começou a se arrastar para a grama, onde estará mais segura. Ou jogo o sal agora ou terei que trazê-la de volta para uma área livre.

Molho o dedo indicador no sal que trago na palma da outra mão e o coloco na boca. Meu filho pede para fazer o mesmo. Penso: a humanidade pôde evoluir quando aprendeu a usar o sal para conservar as carnes.

– Igual o mar, papai.

A todo momento, ele repete a palavra "papai". A segurança que ele sente em casa vem do conforto que umas poucas palavras lhe dão. Papai. Mamãe. Cacá (a irmã). Tete (o leite). Pupu (a chupeta). Molo (o travesseiro).

– Bom – ele diz, ao tocar de novo a língua no seu dedinho salgado.

Esquecidos do embate, buscamos a casa, aliás, a caverna, como dois caçadores que voltam de mãos abanando.

– Olha, um cacol – ele sempre engole algumas sílabas.

Na parede de casa, um caracol sobe com sua couraça transparente. O caracol é uma lesma evoluída. Perdeu a rusticidade, criou anteparamos entre si e o mundo, e já não nos assusta.

– Bonito, né, papai?

– Sim, é bonito, muito bonito.

E ficamos admirando aquele serzinho lírico.

Abril de 2010

Resíduos

Há palavras que mantemos guardadas em lugares afetivos. Elas nos pertencem de forma íntima e dizem mais sobre quem somos do que qualquer imagem nossa. Um vocabulário assim, essencial e oculto, nos coloca face a face com nós mesmos. São palavras para manifestações sigilosas, que não ousamos ostentar em letra impressa. Se o fazemos, o corretor ortográfico do editor de texto vai grifando esses termos com uma linha vermelha, e é desta cor que ficamos quando um deles nos escapa em alguma conversa.

Nesta categoria entram os palavrões mais cabeludos. As palavras só podem circular socialmente com suas partes pudicas bem depiladas. Mas, em alguns momentos de descontrole, ei-los irrompendo em nossas bocas, estas mesmas bocas que, na infância, sofriam a ameaça materna de serem lavadas, por seus pecados, com sabão de soda.

Igualmente interditas são as palavras modificadas nas comunidades periféricas. Desrespeitando normas por desconhecê-las, pessoas não escolarizadas, ou pouco escolarizadas, mantêm usos arcaicos e fazem adaptações inventivas da língua, dando-lhe um colorido exagerado.

Para um escritor que nasceu e se formou num meio interiorano, com forte influência rural, há um vocabulário rico que pode ser colado a personagens, a narradores rústicos, mas que ele próprio nunca usa para não sofrer discriminação. Assim, aos poucos, vamos nos afastando do idioma em que fomos amamentados para reconhecer apenas a língua que os novos hábitos impuseram.

Mas, lá no fundo, há um prazer quase escatológico de remexer nesses resíduos.

Não posso ver uma pessoa passando mal do estômago sem me lembrar de uma dessas palavras arraigadas em minha infância – *gumitar*. Sim, caro leitor, é o sinônimo caipira para regurgitar, palavra que demorei uns vinte anos para aprender e à qual só recorro em situações muito formais. Mas sinto cócegas para anunciar que fulano, tão pomposo, depois de ter abusado da bebida, *gumitou*. Esta é a primeira vez que escrevo tal verbo, embora ele me seja tão familiar. A verdade é que estamos sempre nos afastando de nossas famílias.

Tínhamos, no seio daquele outro idioma, uma preferência pelo prefixo de negação "des", usado mais a torto do que a direito. Como ando fazendo uns regimes – regime é algo que a gente sempre faz no plural, isto é, várias vezes e cronicamente –, as pessoas me perguntam o que está acontecendo comigo. Minha vontade é responder com uma palavra de outrora: estou tentando *desmagrecer*. Emagrecer está dentro da normalidade, mas quando o sujeito quer *desmagrecer*, aí sim a coisa é séria.

É claro que regimes eram impensáveis numa época de ignorâncias e também de misticismos, em que só se buscava a intervenção divina.

Todos, por isso, visitavam periodicamente Aparecida do Norte. Uma daquelas senhorinhas que tinha ido depositar sua súplica aos pés da santa voltava dizendo que havia feito uma "discursão tão bonita!" Ela não conseguia falar a palavra excursão – grafada no mínimo de três formas diferentes nos cartazes espalhados pela cidade.

Esses já eram tempos de modernidade, quando um vocabulário novo chegava pela televisão e pelo consumo. Mas alguns interioranos ainda estavam muito ligados aos velhos costumes.

Sabendo de minha propensão para as letras, um tio me procurou. Precisava bater (datilografar) um contrato de serviço. Como ele havia estudado até o segundo ano primário, já rascunhara os termos do contrato, bastava eu passar a limpo em minha Olivetti portátil. Coloquei a folha de papel, produzindo o barulho musical de microengrenagens se movendo rapidamente, e comecei a copiar o texto, fazendo alterações mínimas. Parei diante de uma palavra. Devia traduzi-la ou não? Eu já estava na oitava série, era minha obrigação ajudar a família a deixar a roça. Troquei o termo. Bati o resto do contrato e entreguei ao meu tio. Ele arregalou os olhos, como se isso o ajudasse a ler, e percorreu lentamente, em voz alta, aquelas linhas, empacando no trecho que modifiquei.

— Você bateu errado. O certo é pranta — e soletrou: — fica obrigado a fazer a pranta do arroz.

O que queria era exigir do arrendatário algo que para ele só tinha um nome: o prantio. Eu não alterara apenas uma palavra, estava mexendo nos fundamentos do universo dele. Peguei outra folha e datilografei o documento usando os termos originais. Meu tio agradeceu muito, elogiando minha dedicação.

— Como é bom ter gente estudada na família!

Mesmo sem conseguirem se formar, muitos outros membros deste clã passaram pela escola. Em pouco tempo, eles corrigiram alguns erros, mas corrigiram lá do jeito deles. Uma prima, durante as refeições, e depois de alertada para o grande equívoco que era trocar o *l* pelo *r*, pedia com orgulho, por isso elevava a voz, que a mãe lhe passasse o galfo.

Da minha parte, nunca garrei gosto de falar assim tão difícil, afastando-me definitivamente de minha infância, que sobrevive também como resíduo.

Abril de 2010

Vasilhame

Final de noite, estava pensativo diante de uma garrafa de vinho português que se acabava. Minha mulher perguntou se tinha acontecido algo. Sempre está acontecendo algo, eu poderia ter dito. Mas preferi o silêncio. Ela puxou uma cadeira – eu bebia sozinho na mesa da cozinha – e tomou um gole da taça já manchada da gordura de meus lábios.

– Vai, me conte.

Eu tenho crises depressivas com uma frequência própria de rinite. E aqui em casa todos sabem que, quando não falo, algo em mim está errado. O meu silêncio é sinal de tempestades interiores. Não apenas me calo como minha voz – no geral tão estridente – quase desaparece.

– Você se lembra de quando éramos crianças e íamos à mercearia para nossos pais?

– Silêncio no estúdio! Gravando mais uma cena do filme No-País-da-Infância.

Fingi não entender a brincadeira dela. E comecei a lembrar. A primeira diferença: como tudo era perto, comprávamos as coisas apenas para a próxima refeição. Estávamos sempre indo à mercearia. A mãe faria um bolo, então precisava disso e daquilo. Alguém corria até o comércio.

– E voltávamos com um pacote de papel.

– Agora os pacotes de papel vão ser obrigatórios nos mercados – minha mulher tentou me consolar.

– Não vai resolver muita coisa.

– Lá vem o Senhor Pessimismo.

Voltei correndo ao passado. Assim que tirávamos as compras, a mãe dobrava o pacote e o guardava em uma prateleira. Ela não usaria aquilo para nada, mas quando juntava uma quantidade grande, levava para a nossa cerealista, para que fossem reutilizados para vender arroz, feijão e outros mantimentos.

– Você pode pensar: isso era normal numa família como a minha. Mas o bonito desta história é que os vizinhos todos faziam a mesma coisa. E os clientes também traziam os pacotes usados. Então, havia um sentimento de economia unindo as pessoas.

– Não era sentimento de economia. Era pobreza.

– Bem, então a sociedade como um todo está precisando ficar um pouco mais pobre – eu disse.

Contei também das latas. Minha mãe guardava todas as latas usadas. Sempre havia uma segunda ou terceira finalidade para as vasilhas. E durante os dias da semana usávamos os copos de massa de tomate. Os copos bons ficavam guardados, para ocasiões especiais. Boa parte do enxoval de minha mãe sobreviveu décadas, quase sem uso.

— As pessoas não se permitiam as coisas.

— Não tenho nada contra quem aproveita a vida, usando a roupa recém-comprada, e cara, para ir a um churrasco. Mas eu não me encaixo nisso — falei.

— Não se culpe. O mundo mudou e a gente não consegue mesmo se adaptar.

— O mundo sempre mudou. Mas nos últimos anos mudou muito rapidamente.

Tomamos um gole de vinho e ficamos olhando para a mesa.

— Suicídio.

— O quê?

— Um suicídio.

— Não me venha com seus dramas. Pensar em se matar por causa de pessoas que não controlam o impulso consumista. Você já está ficando patético.

— Não estou falando no meu suicídio.

Ela ficou em silêncio. Nestas horas, o melhor é sempre deixar que eu conclua minhas ideias. Se ela tentar entender e não for bem aquilo que estou pensando, eu me irrito.

O vinho me tornara meio lerdo. Pensava mais vagarosamente, falando com espaços entre as frases. Depois de um ou dois minutos, concluí.

— Tudo é um movimento inconsciente de suicídio da humanidade. Vamos morrer todos ao mesmo tempo, e não haverá uma lágrima por nós.
— Não espero viver tanto.
— Quando a humanidade se acabar, todos os mortos morrerão de novo. Não é triste isso?
— Quantas?
— O quê?
— Quantas garrafas de vinho você tomou?

E este foi o primeiro momento, naquela noite, em que ficamos um pouco alegres.

— Por exemplo. Não se jogava fora uma garrafa como esta.
— Sei. Eram usadas para o leite.
— Não, para o leite eram as de vidro transparente. Estas escuras serviam para... Bem, não me lembro mais. Só sei que eram guardadas. Lavávamos as garrafas de leite com água, um pouco de sabão e arroz em casca.

Servimos a última taça de vinho.

— Mas também não tomávamos vinho português. Este é o lado bom do consumismo — ela concluiu.
— Sabe, eu tenho dificuldade de jogar as coisas fora. Separo os materiais na ilusão de que vão ser reutilizados. Mas me sinto muito vazio. Como se não tivesse mais nada dentro de mim.
— Pare de se culpar.

— Uma calça velha virava bermuda. Um chinelo de dedo arrebentava a correia e a gente a costurava ou usava a correia de outro, que tinha a sola gasta.

— Vamos dormir — ela disse.

Bebi o último gole. E me levantei para lavar a taça. Ela pegou a garrafa vazia.

— Deixa que eu levo para a lixeira — falei.

— Não vai lavar?

— Não tem arroz em casca.

Fui até a lavanderia, onde fica o material reciclável, e joguei a garrafa sobre caixas de leite, de suco, garrafas plásticas, papel, uma babel de embalagens. Com o bico para baixo, a garrafa de vinho deixou escorrer uma lágrima rubra.

Setembro de 2010

Afastamento

Das perguntas de meu filho que não sei responder, uma é recorrente.

– Por que tem casas lá longe? – ele questiona isso quando está no banco de trás do carro, em sua cadeirinha de pequeno déspota, olhando a paisagem.

Moro em uma cidade montanhosa, o que permite que se vejam casas distantes, campos agricultáveis, fábricas e a rodovia. Meu filho enxerga uma casa a quilômetros de onde estamos e não entende a razão de alguém morar lá.

Antônio está com três anos. Como todo tímido, é extremamente observador. Não deixa passar nada. E tem uma tendência para o mando.

Quando me pede algo e eu não faço imediatamente, reclama:

– Mãe, o pai não quer me obedecer.

Ele inverteu a situação, colocando-se no lugar do adulto que exige obediência das crianças.

Ao chegar do serviço ou de uma viagem, ele me olha com dureza e diz:

– Han! Estou muuuito chateado. Onde você esteve? Eu me sinto o filho adolescente voltando para casa depois de uma fugidela e levando uma prensa do pai. Como convive a maior parte do tempo com adultos, ele incorpora as nossas falas e a nossa identidade.

Um outro fator para este comportamento é que aqui em casa damos atenção às crianças. Interrompo uma conversa seja com quem for para responder a uma pergunta, peço a opinião de meus filhos, vou ver o mosquito que ele matou numa expedição perigosa pela garagem. Talvez eu esteja fazendo tudo errado (aliás, sempre estou fazendo as coisas de uma maneira errônea) e o certo fosse eu colocar limites, como minha mulher sempre pede. Mas não consigo.

Fui criado numa família em que a criança não existia para o mundo adulto. Meu padrasto não respondia a nenhuma de nossas perguntas. À mesa, comíamos o que a mãe colocava no prato. Quando tínhamos visitas, a nossa refeição era servida antes ou em outro lugar. O mundo era dos adultos, e nós podíamos apenas espiá-lo.

Resultado: tenho uma sensibilidade extrema em relação a esta idade, quando os olhos infantis nos lançam as dúvidas que não conseguem ser articuladas pela linguagem.

Assim, é uma criança de três anos que manda em casa. Enquanto está acordado, ele decide o canal da televisão – e se irrita quando alguém muda a programação na ausência dele.

– Quem tirou os meus desenhos?

Voltamos correndo para os desenhos, e ficamos ali com ele, todos reunidos em torno da única televisão de casa (isso é um ponto de honra para nós: não ter outros aparelhos para não dispersar a família).

Quando a criança é o centro de uma casa, os nossos desejos de adulto ficam prejudicados, não fazemos aquilo que faríamos, a conversa não ocorre sobre os assuntos importantes do momento. Há uma subversão.

Andando pela cidade, sempre com o filho junto, pois não temos familiares com quem deixá-lo, o infante tenta entender o mundo. Se vê um mendigo ou um bêbado, identifica imediatamente o sofrimento do outro. E, com os olhos tristes, pergunta:

– Cadê o pai e a mãe dele?

Desde o início, falamos a verdade.

– Devem ter morrido.

Ou:

– São velhinhos demais e não podem cuidar do filho.

Antônio acompanha o outro com grande interesse. Para ele, é inadmissível que as pessoas fiquem sozinhas, nem mesmo os cachorros de rua deveriam viver assim:

– Onde está a mamãe dele? – repete a mesma pergunta quando vê um cão doente.

Se a deseducação que lhe dou faz com que tenha uma voz impertinente em muitos momentos, quero acreditar que também esteja formando o seu caráter. Saber-se importante é o primeiro passo para reconhecer importância em toda forma de vida.

É isso que leio em algumas de suas atitudes. Do nada, em momentos mais improváveis, ele se aproxima e me beija, dizendo uma de suas frases prediletas:

– Pai, eu te amo você.

A intensidade de seus sentimentos fica expressa na duplicação pronominal.

Não temos respostas a algumas perguntas que ele nos faz, mas aos poucos ele vai construindo percepções para seu próprio uso. Por isso talvez pergunte tanto, não para colher uma certeza qualquer, mas para se familiarizar com os vazios.

Ele que vive tão próximo dos pais e da irmã, que manda e desmanda na pequena família, que determina a programação da tevê, que tem o direito de se intrometer nas conversas, de interrompê-las, enfim, ele que é o centro de nosso mundinho tenta entender como pode haver pessoas distantes.

Por isso pergunta:

– Por que tem casas lá longe?

Eu poderia responder:

– Elas não estão tão longe assim. Você pode ir até lá.

Mas acho que ainda é cedo para ele percorrer este caminho inevitável.

Então me calo.

Outubro de 2010

Senhor Antônio

*

De cada palavra meu filho corta uma sílaba. Comunica-se em um idioma em ruínas.

*

Aos três anos, ele é eterno. Começará a morrer quando aprender a soletrar as horas.

*

Pergunto de que cor ele é.

– Marrom – ele me responde, embora seja branco como o leite.

– E de que cor sou eu?

– Azul-papai – ele diz, apesar de minha cor de cuia queimada.

Antônio conhece todas as cores, mas opera uma palheta imaginária.

*

Toda vez que vê um caminhão, pergunta o que ele carrega. E eu então invento: anjos, nuvens, morcegos...

*

Enquanto sou fotografado, ele me olha. Será que vai se lembrar desta cena daqui a vinte anos, quando encontrar estas fotos?

*

No parque, pergunta o que é aquela construção onde eles entraram.
– Um palácio – diz a mãe dele.
– Então o rei sou eu?

*

Na Páscoa, pintamos patinhas de coelho saindo da janela da sala, no primeiro andar, e acabando num ninho de ovos. Antônio olha tudo e pergunta:
– Coelho voa?

*

Saindo do banho, Antônio abraça a mãe e diz:
– Mãe gostosa.
E completa:
– Você é macia.

*

– Mãe, comi tanto que minha barriga quer quebrar.

*

Ele abaixa a calça e mostra o pipi ereto:
– Olhem, ele está fazendo careta.

*

Molhando o pincel numa poça na calçada, Antônio diz estar pintando a parede na cor da água.

*

Risca o livro impresso em papel bíblia, mostrando-o, todo orgulhoso:
– Eu também *sabe* escrever, pai.

*

– Cuidado! Estes cachorros são brabos – eu aviso.
– Não são brabos não, pai. Eles são é felizes.

*

Quando não quero carregá-lo, pergunta:
– Ei, seu colo parou de funcionar?

*

Ele disca um número, depois começa a rugir muito alto no telefone.
– O que está fazendo?
– Ligando pro leão, ué.

*

Ainda sem saber definir seus estados de alma, quando se entristece diz que está muito malvado.

*

Ele me desenhou no Dia dos Pais, colocando o desenho debaixo da porta do escritório. Daí chorou porque queria o presente de volta.

*

– Você se sujou todo, Antônio. Que feio!
– Pare com isso, pai, eu sou é lindo!

*

Faço cara feia por causa de alguma coisa errada feita por meu filho e ele diz:
– Ah, meu pai só briga briiga briiiga comigo.

*

– Que foi isso? – pergunto.

— Nada, só o meu bumbum dizendo pum.

*

Ele diz, chegando ao cabo e à cápsula de sementes:
— Nossa! A maçã também tem esqueleto.

*

Perdi meu pai na primeira infância. E agora meu filho declara:
— Eu já fui o seu pai.

*

Vendo baixas as nuvens cinzas, diz o menino:
— O céu está caindo.

*

— Não sei fazer isso — eu disse ao meu filho.
— Não se preocupe, pai, eu te aprendo.

*

Dormindo ao lado de meu filho, sinto que o sono dele tem muito mais raiz.

*

Apontando a lua minguante, ele fala:
— Olha, a lua está quebrada.

*

– Você deve guardar este segredo – digo.
E ele questiona:
– Onde, aqui dentro da boca?

*

Antônio se aproxima e diz:
– Vou me casar com a Mel.
(Mel é a nossa cachorrinha.)
– Por que você quer se casar com ela?
– Pra ter alguém pra dançar.

*

– A sua mão, pai, é uma aranha. A mão da mãe é outra.
E daí Antônio junta as nossas mãos, dizendo:
– Agora, aranhas, se apaixonem.

*

Antônio ruminava um chiclete quando a irmã pediu, brincando, para mascar aquela goma.
– Não pode, está com gosto de Antônio.

*

– Não bata na planta que ela vai chorar.
– Ah, pai, mas ela nem tem olhos.

*

Ter filhos também é uma experiência de exílio.

*

Ao criar os filhos, os filhos nos recriam.

*

– Quando eu for criança igual a você – digo a meu filho –, talvez eu aprenda a não sofrer.

*

Em qualquer período do ano, quando ganha algo, Antônio sempre agradece: obrigado pelo presente de Natal.

*

– Coma tudo, Tom.
– Ih, pai, eu já tô sem com fome.

*

Amanhã eu brinquei com você, diz meu filho. Ou: Ontem você me leva para tomar sorvete. A eternidade de ir adiante como quem se atrasa.

*

– Cuidado com este café, Antônio. Está quente.
– Pai bobinho. Não está vendo que tô tomando aos pedacinhos.

*

— Descalço, hein, senhor Antoninho?
— Pai, não tô tão descalço assim. Vim de chinelo até o meio do caminho.

*

Meu filho descobre a rotina: — Pai, nós vamos acordar, comer, ir para escola e dormir, e depois tudo de novo e de novo até chegar sábado, né?

*

Antônio machucou o pé e já prescreveu o tratamento: Não mexer nenhum músculo e ficar no colo do pai.

*

Na padaria, Antônio quer bolachas de chocolate. Peço para que a atendente pese cem gramas. E meu filho: — Isso, pai, não gosto com grama.

*

Antônio (quatro anos): "Depois do número 12 vem o 1". Falo que não, vem o 13. Ele aponta o relógio de parede e diz: "Olhe ali, pai".

*

Quanto queremos obrigar Antônio a fazer algo, ele resiste até se cansar. Daí diz: Parem, eu me vendo.

*

"Tchau para todos", diz Antoninho ao sair da padaria. Depois pra mãe, em voz baixa: "Viu como sou educativo?"

*

Elogiei meu filho Antônio, de seis anos, que fazia algo corretamente. E ele:
– É que eu já nasci pronto, pai.

*

Toniquinho perdeu o segundo incisivo superior – janelona aberta. Dei vinte reais a ele.
– Nada disso, pai. Tenho que fazer pelo menos cem reais com este dente.

*

Duas pessoas amigas de meu filho brigam, ele acompanha tudo de longe. Agora vem dizer:
– Pai, as duas já se consertaram.

*

Antônio e eu discutimos o preço das opções de brinquedo. Compro no impulso o mais caro, que o havia encantado tanto.
No caminho para casa, ele diz:

— Quando eu for pai, quero ser responsável como você.

*

Antônio no meio do almoço:
— Dá licença que vou ali no banheiro largar um arroto.
— Antônio! — gritamos.
— Ei, se eu não fizer isso, minha barriga não me deixa almoçar!

*

Com meu filho aprendo que a vida é um brinquedo de montar e desmontar.

Dezembro de 2010 (com acréscimos posteriores)

Quantos Anos

A relação das crianças com o tempo está mudando. Algumas delas são mais sensíveis às experiências vividas, apresentando uma capacidade de entender esse processo por meio de metáforas espontâneas.

Quando Antônio completou quatro anos, ele me disse:

– Pai, agora eu cresci, não é?

Soou estranha esta conclusão de meu filho. Crescer para ele é ter alcançado a idade avançada de 48 meses.

Na hora, apenas rimos do raciocínio inusitado.

Esta semana, ele queria reclamar que o deixávamos meio de lado.

– Faz anos que vocês não me levam para andar de bicicleta – ele disse, soltando um suspiro.

Confesso que me diverti com esta forma de se expressar. Meu filho talvez tenha ouvido tal construção de mim ou de outro adulto. Uma criança na sua idade não pode ter uma percepção do transcurso de anos. Ele parecia um velho falando de algo que cessara em sua vida.

Ainda não levamos Antônio a um local em que possa andar de bicicleta, mas passei a refletir sobre sua maneira de perceber o tempo.

As pesquisas mostram que as pessoas estão vivendo cada vez mais. Isso vem aumentando a população idosa, o que, a médio prazo, vai comprometer todo o sistema social. Teremos mais doentes, as aposentadorias se estenderão, a produtividade cairá etc.

Esta é, no entanto, apenas uma parte do problema. Em verdade, estamos envelhecendo muito desde o nascimento. Não se trata de um envelhecimento físico, pois conseguimos prolongar bastante a juventude. As mulheres de cinquenta anos na minha infância, por exemplo, eram velhas. As mulheres de cinquenta anos hoje são verdadeiras balzaquianas, muito ativas no mercado da sedução.

A sensação de passagem de tempo é que se intensificou; e a causa talvez seja o nosso relacionamento com o mundo dos objetos.

Vejam a diferença. Ganhei uma máquina de escrever Olivetti Lettera 35 em 1979. Eu havia concluído o Curso Bandeirante de Datilografia e queria treinar para arrumar colocação em algum escritório. Nada deu certo e acabei no Colégio Agrícola, como interno, mudando-me para lá com a máquina.

Ela me acompanhou durante o ensino médio, a faculdade, os meus primeiros anos de trabalho, a minha especialização e o início de meu mestrado. Comprei o primeiro computador em 1992, e daí em diante a quinquilharia eletrônica começou a se suceder num ritmo acelerado. Os objetos mudam com tanta frequência que nem nos lembramos mais deles. Tente listar todos os aparelhos de celular que você já teve. Esta obsolescência dos objetos funciona como um cronômetro enlouquecido. Como trocamos muito as coisas, descartando rapidamente as velhas, imaginamos ter vivido muito mais do que o que foi registrado pelos calendários.

Crianças de quatro anos já passaram por tantos brinquedos e produtos eletrônicos que sofrem uma sensação de perda e são tomadas por uma nostalgia que não condiz com a idade biológica delas.

No próximo aniversário do Antônio, não sei quantos anos ele terá.

Dezembro de 2011

Título	Museu da Infância Eterna
Autor	Miguel Sanches Neto
Editor	Plinio Martins Filho
Produção Editorial	Camyle Cosentino
Capa	Pedro Botton
Revisão	Plinio Martins Filho
Editoração Eletrônica	Camyle Cosentino
Formato	13,5 x 21 cm
Tipologia	Minion
Papel	Supremo DuoDesign 250 g/m² (capa)
	Chambril Avena 80 g/m² (miolo)
Número de Páginas	176
Impressão e Acabamento	Lis Gráfica